मेरे गर्भ में चाँद

शेफाली

राधाकृष्ण पेपरबैक्स

राजभाषा विभाग, बिहार सरकार के सहयोग से प्रकाशित।

राधाकृष्ण पेपरबैक्स में
पहला संस्करण : 2022

राधाकृष्ण पेपरबैक्स : उत्कृष्ट साहित्य के जनसुलभ संस्करण

राधाकृष्ण प्रकाशन प्रा. लि.
जी-17, जगतपुरी, दिल्ली-110 051
द्वारा प्रकाशित

शाखाएँ : अशोक राजपथ, साइंस कॉलेज के सामने, पटना-800 006
पहली मंजिल, दरबारी बिल्डिंग, महात्मा गांधी मार्ग, प्रयागराज-211 001
36 ए, शेक्सपियर सरणी, कोलकाता-700 017
वेबसाइट : www.radhakrishnaprakashan.com
ई-मेल : info@radhakrishnaprakashan.com

बी. के. ऑफसेट
नवीन शाहदरा, दिल्ली-110 032
द्वारा मुद्रित

मूल्य : ₹225

MERE GARBH MEIN CHAND
Poems by Shephali

ISBN : 978-93-91950-56-9

शेफाली

शेफाली का जन्म 04 जून, 1982 को मुजफ्फरपुर, बिहार में हुआ। उनकी बी.कॉम. तक की पढ़ाई मुजफ्फरपुर से हुई। एम.ए. से पी-एच.डी. तक की शिक्षा उन्होंने जवाहरलाल नेहरू विश्वविद्यालय, नई दिल्ली से ली। पढ़ाई के दौरान आदिवासी क्षेत्रों, गाँवों, शहरों और कस्बों के स्कूल-कॉलेज के छात्र-छात्राओं और महिलाओं के बीच विशेष रूप से सक्रिय रहीं।

वृत्तचित्रों के लिए पटकथा लेखन, अनुवाद एवं बतौर सहायक निर्देशक काम किया। सामाजिक, सांस्कृतिक, कलात्मक विषयों पर हिन्दी की लगभग सभी प्रतिष्ठित पत्र-पत्रिकाओं में रचनाएँ प्रकाशित हुई हैं। पुस्तक, लेख, लोकगीतों के अनुवाद के साथ-साथ उन शिक्षाविदों, कलाकारों और एक्टिविस्टों का जीवनवृत्त लिखा जो प्रचार और दिखावे से दूर गाँव-कस्बों में अपने कार्यों के जरिए सामाजिक उत्थान के कार्य में संलग्न हैं। देशभर में शिक्षकों और बच्चों के साथ शिक्षा व जीवन के विभिन्न विषयों पर कार्यशालाएँ करती हैं। बच्चों के साथ कहानी सुनाने का सत्र 'किस्सागो The Storyteller' नाम के यू-ट्यूब चैनल के माध्यम से बच्चों के लिए कहानी-वाचन की परम्परा को नई तरह से प्रोत्साहित कर रही हैं।

सम्पर्क : हरीतिमा, चौधराइन मन्दिर गली, नया टोला, मुजफ्फरपुर-842001 (बिहार)

ई-मेल : shephali.nandan04@gmail.com

यह प्रार्थना
तुम्हें सौंपती हूँ माँ

आमुख

तुम्हारी यात्रा की साक्षी होकर
मैं समस्त ब्रह्मांड की यात्रा की साक्षी बन जाना चाहती हूँ

—साक्षी

मैं खुद को सौभाग्यशाली मानता हूँ। तर्कबुद्धि की निगमनात्मक राह पर चलता, अनुभववाद का भारी बोझा ढोने वाला और शोध-अनुसन्धान की तमाम युक्तियों से लदा-फँदा मेरा समाजविज्ञान अभी इस हद तक नहीं पहुँचा कि वह मेरे भीतर मौजूद कविता के आस्वादक को मार डाले, रवीन्द्रनाथ टैगोर को लेकर मेरे भीतर जगने वाले विस्मय और तलाश को खत्म कर डाले और मैं इस दशा में आ जाऊँ कि रवीन्द्रनाथ टैगोर की रचनाओं के पाठ को अपने लिए एक अधिशेष के तौर पर बरतूँ। तो फिर जाहिर है कि मेरी आँखें अब भी बहती नदी को निहार सकती हैं, मैं नश्वर और शाश्वत के खेल को देख सकता हूँ। डाल से बिछुड़ा पत्ता या फिर आँखों को अपने वैभव से बाँध लेने वाला सूर्यास्त मुझे अहसास करा जाता है कि मृत्यु की भी एक कला होती है। और, नन्हे नील पुष्प में मुझे शाश्वतता के दर्शन होते हैं। एक बच्चे की निर्बंध हँसी, कैंसर के किसी मरीज की उदास आँखें, दौड़ती जा रही ट्रेन की खिड़की से बहुत दूर दिखते किसी मन्दिर की झलक—ये सब मुझे एक अन्वेषी बना डालते हैं। मैं खुद ही से बोल उठता हूँ, हाँ! कवि अन्वेषी होता है : आवेग और अन्त:प्रज्ञा से पूरमपूर, देखने और सुनने की महीन कला के वरदान से सम्पन्न!

फिर भी, मैं स्वयं से ही पूछता हूँ : आखिर कविता है क्या? क्या वह सिर्फ कला का रूप है : शब्दों का जादुई खेल या फिर गहरे अहसासों और अनुभवों को मुखरित करने की लयात्मक तकनीक? या फिर ये कहें कि कविता कवि के भी पार जाती है? या बात कुछ यों है कि कवि सिर्फ एक साधन है, जैसे कोई वीणा

हो और अस्तित्व उसके सहारे अपने को झंकृत करता हो? क्या कविता और कवि का पूर्ण रूप से एकमेक हो जाना सम्भव है? दूसरे शब्दों में कहें तो क्या कोई स्वयं कविता हो जाने की दशा को प्राप्त हो सकता है? मेरा खयाल है कि यह सर्वोच्च अभीप्सा है : अस्तित्व की पवित्रतम् अवस्था। और तब, कविता सिर्फ किताब नहीं रह जाती, छपे हुए शब्दों का समुच्चय भर नहीं होती वह, जीवन स्वयं कविता बन जाता है। सम्भव है, भावदशा के सघनतम क्षणों में कई कवियों ने कविता के साथ एकमेक हो जाने की इस दशा को स्वयं अनुभव किया हो।

शेफाली कौन है? क्या वह सिर्फ कवि है? या, वह स्वयं एक कविता है? मैंने उसकी रचनाओं में इस तलाश को देखा है : उसका रचना-कर्म उसके काव्य-आत्म से एकमेक हो जाने को उन्मुख है। वह कविता रचती है और वह स्वयं कविता हो जाने को उत्सुक है। उसके लिखे में एक जगह दर्ज है :

मैं चाहती हूँ
तुम कविता हो जाओ
मेरे पाश से मुक्त
हर हृदय में सिंचित
कविता हो जाओ (कविता)

सो, एक तरह से देखें तो यह सिर्फ साहित्यिक यात्रा नहीं, यह आध्यात्मिक यात्रा है। हाँ, कविताओं के इस संकलन से झाँकता है कि वह कवि है : एक अद्भुत कलाकार जिसका लिखा हर शब्द आपको आबद्ध करता है और ये शब्द ऐसे गुँथे हैं कि पाठक को लगता है, यह तो देव को अर्पित करने के लिए मेरे हाथों में एक नर्म-मुलायम माला मिल गई। आश्चर्य नहीं जो इन शब्दों से गुजरते हुए मुझे समर्पण के अर्थ का भान हो : कुछ वैसे ही जैसे कोई नदी सागर से मिले या फिर जैसे ससीम, निस्सीम का अंश हो जावे। ये बात सच है कि मैं जिस जगत में रहता हूँ वह भारी सामाजिक-आर्थिक असमानता, राजनीतिक हिंसा और आत्ममोह की संस्कृति से बिद्ध है। फिर भी, शेफाली की विशेषता इस बात में है कि वह मरुथल में भी जलप्रपात खोज लेती है। 'कठोर यथार्थवाद' के नाम पर उसकी कविताएँ किसी सनक या नकारात्मकता को नहीं पोसती। अद्भुत यह भी है कि ऐसे संसार में भी शेफाली तमाम 'वाद' से परे एक मानवीय आत्म देख

लेती है, उसकी प्रार्थनाएँ हमें कुछ ऐसा अहसास कराती हैं मानो हम अनंत आकाश में उड़ते पंछी हों।

मैंने
तुम्हें कभी किसी रूप में नहीं देखा
बस
एक श्वेत पंछी
जो उड़ना चाहता है
जो उड़ना जानता है (मानव)

अपनी अन्त:प्रज्ञा की आँखों से वह प्रेम के अवतरित आलोक में स्वतंत्रता और शान्ति की प्रेरणाएँ देख लेती है। और मुझे इन पंक्तियों को पढ़ते हुए जान पड़ता है जैसे मैं भी सूर्य की ज्योति से आप्लावित हूँ :

तुम्हें मेरे लिए
मुझे तुम्हारे लिए
हमें एक-दूसरे के लिए
उदय होना है
धरती के कण-कण को
प्रेम-संस्पर्श से जगा
कण-कण में
सत्य को उद्‌घाटित कर
हमें गहन अन्धकार को चीर कर
प्रकट होना है (किसी सुबह)

जैसा कि मैंने ऊपर लिखा था, शेफाली की साहित्यिक कल्पना उसकी आध्यात्मिक पिपासा से एकमेक है। और इस कारण, उसकी कविताएँ अक्षय वैभव का गीत हैं। प्रकृति उसके कानों में अपना रहस्य खोलती है और उसका ध्यानधीर आत्म हमें उन क्षणों के दर्शन को प्रेरित करता है जिन्हें अद्‌भुत-अपूर्व की श्रेणी में रखा जाता है :

ये देवदार
गहन तपस्वी हैं
जब-जब इन्हें देखती हूँ
तपस्विनी हो जाना चाहती हूँ (देवदार)

आध्यात्मिकता का यह पुट स्त्रीत्व में नए अर्थ भरता है। वह

सागर की तरह अगाध-अपार हो उठता है। वह अनंत प्रेम का पारावार बन उठता है, मातृत्व का परम विग्रह :

दुनिया के तमाम बच्चों की मुस्कान
एक साथ
मेरे गर्भ में
सम्भावनाओं का रूप ले
विहँसने लगी है
...
यह सब कुछ होने लगा
जब मेरे गर्भ में
पलने लगा चाँद (मेरे गर्भ में चाँद)

कवि गहरी अनुभूतियों के राग का गुंजार होता है। लेकिन क्या हमारी तैयारी ऐसी है कि हम ऐसे गुंजार को सुन सकें? हम तो संस्कृति-उद्योग के चकाचौंध भरे अविरत शोरगुल के बीच रहते हैं। धारावाहिक, रियलिटी शो, बेपर की उड़ानों में गप्प-गोष्ठियों को मात करते कॉलम और हफ्ते के सातों दिन चौबीस घंटे चलने वाले चैनलों के बीच क्या यह सम्भव है कि हम किसी कवि के होने का उत्सव मना सकें, उसके संग-साथ हो सकें और किसी पुष्प की मानिन्द खिल सकें? मुझे लगता है, पाठक के रूप में हमें पहले अपने को शिक्षित करने की जरूरत है। वह जो बड़ा मूर्त और ठोस है उससे परे हटते हुए अपनी आँखें सूक्ष्म और पावन की तरफ मोड़ने की जरूरत है। कवि से गहरे राग का रिश्ता बना पाना तब ही सम्भव है। शेफाली ने लिखा है :

पुष्प प्रेम सिद्ध करना नहीं जानता
वह बस खिलना जानता है
उसकी सारी क्रिया
खिलने तक है
उसकी प्रगति का
उसके जीवन का केन्द्र
खिलने में है (पुष्प की अभिलाषा)

कविता-विहीन जीवन व्यर्थ है; शुष्क बुद्धित्व से रूक्ष शिक्षा अर्थहीन है और कवि के स्वप्नों से रहित तकनीक में तब्दील हुआ

विज्ञान एक हिंसाकर्म है। और, यही हमारे युग का भी संकट है— एक आधुनिकता जो असन्तोष से बिंधी हुई है। सो, इस किताब में संकलित कविताओं के पाठकों से मेरा आग्रह है कि इन कविताओं को महसूस करें। मुझे हर चंद लगता है कि कविता जीवन में उतारने के लिए होती है, अनुभव करने और अहसासों में बसाने के लिए होती है; कविता महज इतने भर के लिए ही नहीं होती कि आप संस्कृति-अध्ययन और साहित्यिक समीक्षा के अकादमिक जर्नल्स में उसे अपनी समीक्षा-बुद्धि का सामान बनाएँ। एक पाठक के रूप में मुझे महसूस होता है कि वह उद्योग-जगत् जिसे एकेडेमिया कहा जाता है, मुझे अभी तक अपने छल-छद्म से बाँध नहीं सका है। सो अपने मन की निस्सीम निश्छलता से मैं इन कविताओं को अपना साधुवाद देता हूँ। शेफाली ने लिखा है :

जीवन्त होना
पत्थर पर पुष्प बन खिल आना है (जीवन्तता)

अभिजीत पाठक

जवाहरलाल नेहरू विश्वविद्यालय
नई दिल्ली

(अंग्रेजी से अनूदित चंदन कुमार श्रीवास्तव)

आत्मकथन

कभी कविता लिखूँगी, ऐसा सोचा न था। लेकिन कविता बन जाना जरूर चाहती थी। हर क्षण घटने वाली कविता बन जाना चाहती थी। इस सत्य को, इस अन्तर्ध्वनि को, इस पुकार को जैसे प्रकृति ने सुन लिया और अपना आशीष-सिंचित आँचल फैला दिया। पेड़-पौधों, पंछियों, तितलियों, फूलों और मौसम के संग पलती-बढ़ती गई...इनके सान्निध्य में शब्द तिरोहित होते गए। जब अहं प्रकृति के माधुर्य में घुलकर विलुप्त हो जाता है तो मनुष्य का प्रकृति से सम्बन्ध, मनुष्य का मनुष्य से सम्बन्ध शब्दों से आगे की यात्रा पर निकल पड़ता है। यहाँ कोई सर्जक नहीं। रचना है रचनाकार नहीं। यह रचना कविता है। लिखे जाने को कुछ शेष बचता नहीं। जीया जाना कविता की धुरी है। क्योंकि रचनाकार स्वयं कविता बन गया।

न जाने यह कैसी प्यास थी, यह कैसी प्यास है जो हर क्षण घटने वाली कविता बन, घट-घट में बस जाना चाहती है। जब खुरपी (खुरपा) उठाती हूँ बीज गिराने, खर-पतवार हटाने के लिए तो कहीं से कलम उठाने के लिए मचलता नहीं हृदय। कोई सुन्दर कविता या विचार हृदय में अंकुरित होता भी है तो वह खुरपी के माध्यम से मिट्टी और पौधों तक पहुँचता है। पौधे इसे हवा, रोशनी और बूँदों के साथ साझा कर लेते हैं। कहीं ये छपते नहीं मगर बिन छपे-कहे ये अनन्त विस्तार की प्रक्रिया में संलग्न हो जाते हैं। सम्प्रेषक और सम्प्रेषित व्यक्ति नहीं, प्रकृति है फिर भी यह एक-एक व्यक्ति को अपने संस्पर्श से जगाती, सहलाती है। जब प्रकृति सहलाती, पुचकारती, जगाती है तो अपनी ही बनाई बेड़ियों से, अपनी ही बनाई हुई कैद से आहिस्ता-आहिस्ता हम आजाद होने लगते हैं। हमारी अपनी ही निम्न प्रवृत्तियाँ, हमारी सोच, हमारी पुरानी आदतें, हमारा अहं...ये सभी उच्चतर चेतना के प्रभाव में रूपान्तरण के लिए मचल उठते हैं।

ऐसे ही क्षणों में 'प्रेम' की अभीप्सा जागती है। मानवीय प्रेम की

नहीं। 'दिव्य प्रेम' की, जिसे मानव में, हम सब में प्रकट होना है। दिव्यप्रेम की राह में एक कदम बढ़ना जैसे प्रज्ज्वलित अग्निकुंड में होम हो जाना है। बचपन नादान होता है। अगर कोई लगन बचपन में लग जाए तो आखिरी साँस तक साथ नहीं छोड़ती। ऐसी ही लगन लग गई प्रेम हो जाने की। हर क्षण, हर कण को प्रेम रंग में रंग देने की। समस्त सृष्टि, समस्त ब्रह्मांड में बस एक ही गूँज हो—प्रेम, प्रेम, प्रेम।

प्रकृति के विभिन्न रूपों और स्रोतों से इतना प्रेम मिला कि सदा प्रेम से छलछलाती रही, चाहे वह जैसा भी क्षण हो, चाहे जैसी भी परिस्थिति हो। प्रकृति के साथ आनन्दोत्सव मनाते-मनाते प्रेम की गागर कब छलछलाकर कागज पर उतरती रही, पता ही नहीं चला। जब इसकी खबर माँ को पहुँची तो उसने उसे सहेजना चाहा। माँ की इस ममतामयी जिद के आगे मेरे अल्लहड़ संजीदा मन की एक न चली। न शब्दों की तमीज है, न शब्दों को कागज पर गढ़ने का सलीका। माँ की इच्छा में बड़ा बल है।

आज भी जीना ही सीख रही। सहज ही प्रकृति जीने की कला सिखा रही। हर क्षण घटने वाली कविता बन जाना चाहती हूँ, बस इतना ही चाहा अपने जीवन से। ऐसा महसूस होता है कि कविता बन जाने की प्रक्रिया का हर एक क्षण प्रार्थना है। हमारे दैनंदिन जीवन का जीया गया हर सकारात्मक क्षण प्रार्थना है। प्रार्थना दुनिया की तमाम माँओं और बच्चों के लिए, प्रार्थना समस्त सृष्टि के लिए।

यह प्रार्थना तुम्हें सौंपती हूँ माँ।

—शेफाली

क्रम

मेरे गर्भ में चाँद

गर्भ

मुझे प्रिय है
अपना गर्भ
इसी गर्भ में पलता है कुछ ऐसा
जो संसार के सभी बच्चों के लिए
उतार लाता है दूध छाती में
इसी गर्भ में धड़कती हैं कुछ धमनियाँ
जो संसार की सभी माँओं के हृदय से जुड़ी हैं

मुझे प्रिय है
अपना गर्भ
किसी धर्म की तलवार इसे चीर कर
बाहर निकाल नहीं सकती
कोई डॉक्टर
कोई मशीन
इसका लिंग पता नहीं कर सकती
कोई समाज
इसे बाँझ नहीं कह सकता

मुझे प्रिय है
अपना गर्भ
क्योंकि इसके पुष्पित-पल्लवित होने के लिए
मुझे स्त्री होना नहीं पड़ता
ना ही एक पुरुष की खोज करनी पड़ती है

मेरा गर्भ
पेड़ों पर गीत गाते
पंक्षियों की लम्बी उड़ान
और आश्रय है

मेरा गर्भ
धरती है
आकाश है

मेरे गर्भ में चाँद

दुनिया के तमाम बच्चों की मुस्कान
एक साथ
मेरे गर्भ में
सम्भावनाओं का रूप ले
विहँसने लगी है

अमावस की रात
तारों ने
मेरा डूबता सितारा
बुलन्द किया
शिव की शोभा बनने वाला चाँद
मेरे गर्भ में समा गया

भयंकर पीड़ा से तड़पती
घने जंगलों से गुजरती हुई मैं
उस अँधेरी रात में
औंधे मुँह
गिरने ही वाली थी
कि माँओं ने
अपना आँचल फैलाया
ढक दिया मुझे
समेट लिया सारी सृष्टि को
तारों से जगमगा उठा आसमान
हाँ! अमावस की उसी रात में
मेरे गर्भ में पलने लगा चाँद

रह-रह कर पीड़ा
घनीभूत होती
मगर धीरे-धीरे
किलकारियों से
लोरियों से
गूँजने लगा समूचा संसार
मन्दिरों में माँ
पुजारिन बन
बच्चों की मुस्कुराहट
प्रसाद में बाँटने लगी
मस्जिदों से
अजान की जगह
माँ की लोरियाँ
गूँजने लगीं
सिज़दे में फरिश्तों ने
माँ के सामने
सिर झुका दिए
गिरजाघरों में
बच्चों की पहली पुकार—'माँ'
घंटे की जगह
बजने लगी

यह सब कुछ होने लगा
जब मेरे गर्भ में
पलने लगा चाँद

[वागर्थ, अंक 235, फरवरी 2015]

साक्षी

मैं
कुछ भी कहना नहीं चाहती
कुछ करना भी नहीं

बस
चुपचाप
तुम्हारी यात्रा की साक्षी
रहना चाहती हूँ
ठीक वैसे ही जैसे
मैं अपनी यात्रा की साक्षी हूँ
ठीक वैसे ही
जैसे मैं अपने देश की यात्रा की साक्षी हूँ
और हाँ,
ठीक वैसे ही
जैसे मैं समस्त ब्रह्मांड की यात्रा की साक्षी
होना चाहती हूँ

तुम्हें
कुरेदूँगी नहीं
हाँ, बस
कभी-कभी
तुम्हारी आँखों की कोरों में
समा कर
तुम्हें गीलेपन का एहसास दे जाऊँगी

हो सकता है
कभी तुम्हारी आँखों में तैरती
सजल नन्ही बूँदें भी
बन जाऊँ
बुरा मत मानना
हो सकता है
थके-हारे
जब तुम
बिस्तर पर तकिए के सहारे
निढाल पड़े होगे
तुम्हारे मुँह की लार बन
तकिए को गीला भी कर जाऊँ

मेरे पास कुछ भी नहीं
देने का सवाल ही नहीं
और
इतनी भरी हूँ कि
जो कुछ भी तुम दोगे
वह तत्क्षण सबका हो जाएगा
इसीलिए
मैं कुछ कह नहीं सकती
कुछ कर भी नहीं सकती
बस
तुम्हारे गुस्से में
तुम्हारे भीतर
मौन बन कर
बस जाना चाहती हूँ
और तुम्हारे मौन में
दुनिया की तमाम
बेबस चुप्पी को तोड़ कर
तुम्हारी आँखों में चमक
और तुम्हारी रगों में
लहू बनकर दौड़ना चाहती हूँ

हाँ!
कुछ और नहीं
तुम्हारी यात्रा की साक्षी होकर
मैं समस्त ब्रह्मांड की यात्रा की साक्षी बन जाना चाहती हूँ

काश

काश
ऐसा होता कि
पुरवइया हवा बहती
और माँ की याद
उसके संग न आती
तो मैं आसानी से
तुम्हारी हो जाती

काश
ऐसा होता कि
धरती के वक्ष को चीर कर
लगाए पौधों पर
सिर्फ दो फूल या
दो फल
उग आए होते
तो
तो मैं तुम्हारी हो जाती

काश
ऐसा होता कि
रेल की पटरियों पर
सिर्फ एक ही सुपरफास्ट एक्सप्रेस ट्रेन दौड़ती
और
उस ट्रेन में
सिर्फ दो ही लोग सफर करते

तो बड़ी आसानी से
मैं तुम्हारी होकर रह जाती

मगर
क्या करें
पुरवइया हवा
जब-जब बहती है
मेरे रोम-रोम को
माँ की यादें
भिगो जाती हैं
धरती के वक्ष पर
उग आए पौधे
फूलों और फलों से लदे हैं
जिन पर चढ़ बच्चे
खेलते-खाते
आनन्दित होते हैं

मगर
क्या करें
पटरियों पर दौड़ती हैं
अनगिनत ट्रेनें
और
मेरा हमसफर बनकर
करते हैं यात्रा
अनगिनत सह-यात्री

अन्तस नदी

न जाने
कब से ये लहरें
मेरे भीतर उठती चली आ रही हैं
कभी शताब्दियों पहले
अन्तस के हिमालय से
पथरीली पहाड़ी-चट्टानों के भीतर से
फूट पड़ी थी कोई धारा

चलते-चलते
बहते-बहते
न जाने कितने रास्ते
बनाए-मिटाए
न जाने कितनी बार सूखी
और कितनी बार उफनी
अपने ही जैसे
असंख्य लहरों से
मिलती-बिछुड़ती
अन्तस नदी
चली है सागर से मिलने को
बहुत, बहुत दूरी
कर चुकी है तय
हजारों-हजारों शताब्दियों से
होकर गुजरी
अब वापस आ जाना चाहती है
सागर में समा जाने के लिए

यात्रा का अन्तिम पड़ाव
उद्घोषित कर
समर्पित करती है
अपनी असंख्य लहरें सागर को

आसमान का ताज

क्यों उलझती हैं
ये भावनाएँ
गाजर के हलवे से लेकर
ऊन के रंग-बिरंगे
धागों तक में

माँ ने
अनगिनत बार
गाजर का हलवा बनाया है
और स्वेटर बुने हैं
वह
हम बच्चों की उमंग देखकर ही
सन्तोष से उपजे आनन्द में
गोते लगाती
अपने जीवन की
क्षत-विक्षत, स्वाद-विहीन
रसोई से आँगन तक की यात्रा को
अनन्त की ओर उछाल
फिर-फिर
हमें उमंग और उल्लास के रंगों में रँगने
जुट जाती होगी

कभी
खयाल ही नहीं आया
पर आज

सोच के अँधेरे गलियारे में
माँ की परछाईं नजर आ रही है

माँ ने कई बार
बड़े प्यार से
ऐसा ही कुछ
पिता के लिए भी
बनाया होगा
और मुक्तता की राह पर
चलने वाले पिता
माँ को बेइन्तहा प्यार करने के बावजूद
कई बार
उनकी नजर
माँ के द्वारा बनाए
गाजर के हलवे पर
पड़ी भी नहीं होगी
माँ के अनकहे
आग्रह के बावजूद
उन्होंने उसे एक चम्मच तक
चखा भी नहीं होगा

माँ भी न जाने
कई बार
ओझरा गई होंगी
अपनी पाक-कला
और
भावनाओं के बीच
तंग गलियारों को
चौड़ा करने की चेष्टा
करती हुई

वह
उन तंग गलियारों में
आसमान उतार लाना

चाहती थीं
धरती ही तो
आसमान की चाह
कर सकती है

सच
कभी नहीं सोचा
कि वह अनन्त जो
हमारे जीवन में
प्रेम बनकर
अंकुरित होते-होते
पौधे से वृक्ष में
रूपान्तरित हो रहा
वह
न जाने कितनी बार
कलपा होगा
और
कितनी हिम्मत से
माँ ने
उन तमाम बेरुखियों
और उलझनों को
अनन्त की ओर
उछाल दिया होगा
आसमान को अपने सिर का
ताज बनाकर

पुरुष-प्रकृति

तो फिर
खो गए तुम
तुम्हें ढूँढ़ने का
कारोबार अब मुझसे
नहीं होता
निर्जन हिमालय की गुफाओं में
नदियों-झरनों, सागर-महासागर की
एक-एक बूँद में
तुम्हें ढूँढ़ने का कारोबार है तो
बड़े लाभ का
मगर
यह इतना बड़ा लाभ
अकेले मुझसे
सँभाला नहीं जाता

जंगलों-रेगिस्तानों के
कण-कण में
सृष्टि की हर आँख में
तुम्हें ढूँढ़ते हुए
हर जगह
मैं स्वयं को ही
पाती चली जाती हूँ

यह लाभ
मुझसे सँभाला नहीं जाता
जिन्दगी को साझा करने की

बात करने वाले
जरा पहले
यह लाभ तो साझा करके दिखाओ
एक बार
मुझे भी गुम हो जाने का
अवसर दो
ताकि तुम
खुद को पाने के नफा का
अन्दाज लगा सको

खुद गुम होते हो
और खुद को
ढूँढ़ लेते हो
इसमें आनन्द कहाँ
एक बार
मुझ बावरी को
ढूँढ़ते हुए
खुद को पाकर
दिखाओ तो जानूँ

जिन्दगी भर
हाथों में हाथ थाम कर
चलने की बात करने वाले
एक दिन
साथ-साथ
गुम होने के लिए तो
उपलब्ध हो
ताकि
एक-दूजे के साथ
एक-दूसरे में
गुम होकर
हम सारी सृष्टि को
पा लें

साथियों के नाम

इस कठिन समय में
मैं क्या दे सकती हूँ
अपने साथियों को
एक भरोसा
कभी न छूटने वाला साथ
सदा साथ-साथ
चलते रहने वाले कदम

इस अँधेरे समय में
मैं क्या बन सकती हूँ
एक रचनाकार
जो ज्योतिपुंज को रचते रहने के लिए
सतत रचनाशील और प्रतिबद्ध है

इन उदास क्षणों में
मैं क्या रच सकती हूँ
हर उदास चेहरे पर
मुस्कान बिखेरने वाली
कोई सुन्दर कविता
या फिर
एक मधुर गीत

इस खौफजदा समय में
मैं क्या कर सकती हूँ
उठ सकती हूँ
हिमालय की तरह निडर

बह सकती हूँ
गंगा की तरह अविरल

प्यारे दोस्तो,
घबराना मत
मुसीबत के इन क्षणों में
बेखौफ जला करेंगे
इन आँखों के चिराग

माँ की तरह
सारा अन्धकार
अपने भीतर समेट
अपने गर्भ से
हम करेंगे
क्रान्ति पैदा

मैली चादर : 1

माँ
जब भी तुम्हारा मन
व्याकुल हो
मेरे लिए
याद करना
वह नदी
जिसे तुमने
हमेशा बहते हुए पाया है
याद करना
अमावस की वे रातें
जिसमें तुमने
अर्धपूर्णमास को
पूर्णमासी की ओर
कदम बढ़ाते देखा है

माँ,
जब भी तुम्हें
मैं न मिलूँ
नदी के तट पर चले आना
अपनी मैली चादर
धोते हुए
तुम
मुझे
वहाँ सदा पाओगी

मैली चादर : 2

कोई आए
कोई जाए
ठहर जाए
या
बिखर जाए
बहती रहूँगी
यूँ ही सदा

इसी नदी की जलधार में
धोती रहूँगी
माँ-पिता के संग
इस सृष्टि के कण-कण से
बुनी यह चादर

जब-जब
मनुष्य
जमे हुए जल में
बदल जाएगा
नाला-कुआँ बन रह जाएगा
मैली हुई
अपनी यह चादर
इसी बहती जलधार में
धोती रहूँगी
सदियों से
सदियों तक

रोहित वेमुला के नाम

तुम्हारे जाने के बाद से
सब कुछ जो
सौन्दर्य से भरा
एक उम्मीद के दीये की तरह
जलता-बुझता सा था
बिखरा-बिखरा सा लग रहा

सूरज की किरणें
मुझ पर पड़ती हैं मगर
अब वे तुम्हें छू कर
मेरे पास नहीं आतीं
अब भी
छात्रावास के इस कमरे की बॉलकनी में
सुबह-सुबह
पंछी आते हैं
मगर कोई गीत गाते नहीं
बस शोर ही मचाते हैं

तुम चले गए
और नदी के सारे स्रोतों ने जैसे
मुझसे मुँह मोड़ लिया
वह अन्तरमन जो खिला-खिला सा था
बिखेर देता था रंगों की छटा
युवा सपनों पर
अब बुझा-बुझा सा है
वह आग जो

भीतर ही भीतर
दिन रात जला करती थी
बस धुआँ-धुआँ ही
उससे उठ रहा है अब

तुम्हारे जाने के बाद
मुझसे मेरी शिक्षा रूठ गई है
उसने मेरे ज्ञान पर
प्रश्न-चिह्न खड़ा कर दिया है
मेरे भीतर की आग को
कृत्रिम बता उसे धिक्कार दिया है

इस दुनिया में
सुन्दर मुखौटों के पीछे
जो वह सब ढका है
उन सबको तुमने
हवा में उछाल दिया है

तुम चले गए
तुम्हारे शून्य ने
सपनों से भरे मेरे आँचल को
प्रश्नों से भर दिया है

पाना

कुछ खो गया था
तुम्हारे जाने से
वह पा लिया है

जो कुछ भी बिखर गया था
तुम्हारे जाने से
उसे समेट लिया है

मानव

मैंने
तुम्हें कभी किसी रूप में नहीं देखा
बस
एक श्वेत पंछी
जो उड़ना चाहता है
जो उड़ना जानता है

प्रकाश

चाहे तुम
कितने भी अँधेरे में
चले जाओ
तुम्हारा प्रकाश
मेरी वाणी से
प्रकट होता रहेगा

अग्नि

मैं नहीं जानती
मैं कहाँ हूँ
मगर
इतना पता है
कि एक रोज खुद को
ढूँढ़ लाऊँगी

मुझे नहीं पता
मैं किसी के हृदय में
या किसी की आँखों से बसी
किसी की वंशी की धुनों में समाई
या किसी के प्रेम छल में भुलाई गई
मगर
मुझे पता है
एक रोज मैं खुद को
जरूर ढूँढ़ लाऊँगी

मुझे नहीं पता
मैं किसी धर्मशास्त्र या पुराण में
खो गई हूँ
या किसी अधर्मी की
अँधेरी रातों में
या किसी लता पर
सर्प बन हवा में झूल रही हूँ
मगर
मुझे पता है

भटकते-भटकते
एक रोज खुद को
जरूर ढूँढ़ लाऊँगी

असत्य के तमाम
विरोधाभासों के बीच
आत्मा में प्रज्वलित अग्नि,
क्रान्ति मशाल को
एक रोज
मैं जरूर ढूँढ़ लाऊँगी

चाहे कुछ भी हो
हाँ!
खुद को मैं
जरूर ढूँढ़ लाऊँगी

किसी सुबह

ऐसा लगता है
मैं उस इतिहास में
पहुँच गई हूँ
जहाँ मैं
कभी तुमसे मिली ही नहीं थी
न तुमने
मुझे देखा था
न मैंने
तुम्हें
बस
यह पता था
अतीत, वर्तमान या फिर
भविष्य की किसी सुबह
तुम्हें मेरे लिए
मुझे तुम्हारे लिए
हमें एक-दूसरे के लिए
उदय होना है
धरती के कण-कण को
प्रेम-संस्पर्श से जगा
कण-कण में
स्वयं को उद्घाटित कर
हमें गहन अन्धकार को चीर कर
एक-दूसरे के लिए
प्रगट होना है

तुम्हारी हँसी

तुम्हारी आँखें
अनगिनत सपनों को सजाए
निहारती हैं मुझे

तुम्हारे होंठ
अलसायी कलियों की तरह
खिलते हैं
मेरी मुस्कुराहट की
किरणों से सज कर

तुम्हारी आँखें
मुझे निहारना बन्द कर भी दें
तो भी उनमें
अनगिनत सपने सजते रहेंगे

तुम्हारी आँखों को देखे बगैर
मौसम और सदियाँ करवटें
बदलती भी रहेंगी
फिर भी
मैं उनमें देखती रहूँगी
सुन्दर जीवन का सपना
रजनीगंधा की तरह
सुवासित होती दुनिया
माँ के आशीष से

आशीषती मेरी मुस्कुराहट
और
किरणों का संस्पर्श पाकर
खिलती तुम्हारी हँसी

तुम्हारा ही नाम

जितना
खोदोगे
उतनी ही गहरी
होती जाऊँगी
गहरी
और गहरी
तुम उतरते
चले जाओगे
अतल गहराइयों में
फिर भी
मेरी गहराई
माप नहीं पाओगे

जितना ढूँढ़ोगे
उतना ही
खोती चली जाऊँगी
गली-मुहल्ले
देश-दुनिया
पहाड़-नदी
फूल और पंछी
कबीर, अंडाल
जितना ढूँढ़ोगे
उतनी ही खोती
चली जाऊँगी सब में

तुम खोदो
तुम ढूँढ़ो
मगर एक बार
किसे ढूँढ़ रहे
यह तो
पूछ लेना
खुद से
कहीं हर उस जगह
जिसे तुम
खोद रहे हो
जिन जगहों को
तुम माप रहे हो
उसके
जर्रे-जर्रे पर
नन्ही-नन्ही बूँदें
तुम्हारा ही नाम तो नहीं
लिख और मिटा रहीं

अनहद

प्रिय!
तुम्हारे ही भरोसे
चली थी मैं
ऊँची-ऊँची
लम्बी चौड़ी बातें
कहने-सुनने
लिखने-छपने की
बेचैनी से परे
जीवन-सागर की
हर एक बूँद के संग
गीत बनकर
बहती रहने के लिए
सागर की लहरों संग नाचती हुई
तूफानों में उखड़ने के बजाय
शान्त-धीर बनी
मुस्कुराने के लिए

हे प्रिय,
तुम्हारे ही भरोसे
मैं गिरी-उठी
निर्जन वन के
घने अन्धकार में
मेरी बुद्धि
दिग्भ्रमित हुई
औंधे मुँह गिरी
खून से लिपटी

जब तड़प रही थी मैं
प्रिय,
मेरे गर्भ में
ज्योतिपुंज रूप में
स्वयं को
तुमने स्थापित किया
नया जीवन दिया

जब छल मुझसे
लिपटने का करती प्रयास
मेरे गर्भ में
पलते किरण-कमल तुम
अनन्य प्रकाश से
मेरी सम्पूर्ण काया को
ज्योतिर्मान करते तुम

जब-जब
संकट के बादलों से
घिर कर
पथ-विचलन होता
समूची सृष्टि के निनाद से
जब-जब
काँपने लगता
यह संसार
अनहद बन
तुम प्रस्फुटित होते
मेरे गर्भ से।

आह्वान

मेरे प्रिय,
आज हवा रुद्ध है
साँसों की गति पर
सृष्टि थिरक रही है

मेरे प्रिय,
आषाढ़ का महीना
तपती धरती
हृदय से कर रही संवाद
आँसुओं की धार
बुझा रही है प्यास

मेरे प्रिय,
बेटे को गए परदेश
हुए कई साल
माँ तकती नहीं राह
मुस्कुराती है माँ हर क्षण
नन्हे फरिश्तों की बाँहों से
लिपट कर

मेरे प्रिय,
संध्या-बाती प्रज्ज्वलित करने
आज भी आँगन में
निकल कर आई नहीं भाभी
आस का दीपक
जला आई हैं बहनें

मेरे प्रिय,
आँगन न जाने
आज कितने टुकड़ों में बँटा है
बीच आँगन में
बाबा का लगाया गुलमोहर
खिलता है अब भी
सारे आँगन पर
गुलमोहरी चादर बिछी है
न कहीं से फटी
न ही कोई कुतर पाया उसे

मेरे प्रिय,
बाँसों की झुरमुट में
गौरैयों ने बनाए हैं
कुछ घोंसले
न आँधी
न पानी
इन घोंसलों में
डर बनकर
समाता नहीं कोई

मेरे प्रिय,
अब उठो कि
जागृति दरवाजे पर
दस्तक दे रही है
उठो कि
स्वप्न देखने मात्र का समय नहीं,
साकार करने का वक्त
आ गया है

मेरे प्रिय,
खोलो द्वार
और
करो आह्वान

समस्त सृष्टि की चेतना
ऊर्ध्वमुखी और गतिमान है

मेरे प्रिय,
चलो कि
तुम्हारे एक कदम से
सैकड़ों कदम
उठेंगे एक साथ

मेरे प्रिय,
जागो कि
अस्त होते
समाज का सूर्य
हममें से हर एक के
माथे पर
उदय हो रहा

पत्तों पर बूँद

ओस की बूँद की तरह
चन्द लम्हों की मुलाकात
वक्त के पत्तों पर टपक कर
रिश्तों के दरख्त में
समा जाने को
मचलती है

कविता

कविता भी
कुछ होती है अतीत सी
कागज पर
जैसे ही उकेर दी जाय
अतीत हो जाती है
वर्तमान से नाता तोड़
भविष्य के गर्भ में
पलने से इनकार कर
स्याही के सहारे
कोरे कागज पर
दफन हो जाती है

जब तक
कविता हृदय में
सिंचित होती है
जीवन पोषित होता है
निर्झर के समान
अनन्त सम्भावनाओं में
पुलकित होता

मैं चाहती हूँ
तुम कविता हो जाओ
मेरे पाश से मुक्त
हर हृदय में सिंचित
कविता हो जाओ

अभीप्सा

जिन हथेलियों ने
थाम रखी हैं बन्दूकें
जो हाथ
अनगिनत लोगों पर उठते हैं
उन्हीं अँजुलियों में
पारिजात बन
समा जाना चाहती हूँ

जिस मुख से निकलती हैं
हर रोज फटकार
डाँट-डपट, तिरस्कार और अपशब्द
उन्हीं मुखों को
चम्पा बन
चूम लेना चाहती हूँ

जिन कानों में सदा
गोलियों, गालियों की आवाज गूँजती है
शिकायत, घृणा की भाषा
मैल बन जमती रहती है
उन कानों के लिए
मन्दिर की घंटी बन
बजती रहना चाहती हूँ

जिन कंधों का बोझ बन
मानवता गिरती-तड़पती रहती है
उन कंधों पर

माधवी लता बन
फैल जाना चाहती हूँ

जो बाँहें वज्र बन
टूट पड़ती हैं औरों पर
उन बाँहों की जूही बन
झूला झूलना चाहती हूँ

वे नाक
जो रक्त और लाशों की गंध के आदी हैं
उनमें चन्दन की सुगंध बन
समा जाना चाहती हूँ

वे आँखें
जो हिंसा के विकृत रूपों की
प्रतिच्छाया लिये सपने देख रहे
मैं उन आँखों की
गंगा बन
बहती रहना चाहती हूँ

वे ललाट जो
अनगिनत शिकन
और चिन्ता में
फैलते-सिकुड़ते रहते हैं
मैं उन ललाटों पर
कमल बन
खिल जाना चाहती हूँ

मैंने तुम्हें, वहाँ खड़ा तो
कर दिया
जहाँ कोई जाना चाहता नहीं
न कोई कविता
न ही कोई राग
कोई गीत छन्द भी

नहीं चाहते जिसे
तुम्हें उस बंजर का हिस्सा मान
मैं खुद बन गई
सौन्दर्य की पोटली
उदारता का चेहरा
महानता का गीत

लेकिन सच तो यह है कि
तुम्हीं ने बोए हैं बीज
पारिजात, चम्पा, बेला, जूही
और असंख्य फूलों को
सींचा है तुम्हीं ने
अपने प्राणों के रस से
इस फुलवारी को
मन्दिर की घंटी बन
बजते रहे हो सदा
हिमालय के शिखर बन
तुम्हीं भागीरथी तपस्या कर
खुद ही गंगा बन
बहते रहे हो सदा
इन नयनों से
तुम्हीं कमल बन
खिल आए मेरे नन्हे ललाट पर

तुमने कराया है
परिचय मेरा
मानवता से, अहिंसा से
साधना से, अनासक्ति से
तुम्हीं तो हो
जो हर क्षण
घटते रहे हो
सदा मुझमें
प्रेम बनकर

हे देव

हे देव
किस रूप में
आकर प्रकट हो गए
सामने मेरे

न कहते कुछ
फिर भी
सारी रात तुम्हें ही सुना करती हूँ
न सुनते कुछ
फिर भी
सारा दिन
तुम्हीं से बातें करती हूँ

हे देव
यह कैसी लीला है तुम्हारी

वंशी तुम्हारे होंठों से लगी है
और बजती
मेरे हृदय के रागों पर है
पत्थरों से गढ़ी
तुम्हारी मूर्ति पर
चढ़ाते हैं फूल
और श्रृंगार होता है मेरा

हे देव
यह कौन-सा रूप है तुम्हारा
चोट चाहे जिसे लगे
कराह मेरे भीतर से उठती है
घट-घट के वासी
कहाँ-कहाँ बसे हो तुम
हर क्षण घटने वाली
हिंसा के साक्षी तुम
और प्राणों से हर पल हाथ धोती मैं

हे देव
यह कैसी तड़प तुम्हारी

क्यों पुकारा करते हो
अमावस की काली घनी रातों में
श्याम वर्ण तुम
और जुगनू बन
तुम्हारी ललाट की शोभा बनती मैं

हे देव
यह कैसा छल है तुम्हारा
गुलाबी मुस्कान बन
होंठों पर बिखर जाते हो
दृश्य जगत में
प्रतिपल मेरे साथ
जागने-सोने
जीने-मरने वाले
हमेशा अदृश्य क्यों रहते हो तुम

हे देव
बहरूपी, बहरे-गूँगे,
बेसुरे, पत्थरदिल
छली, विरही, हिंसक तुम
कैसे कर बैठी मैं

प्रेम तुमसे
कैसे प्रेम-चेतना में बहती
मुक्ति के पथ पर
चल पड़ी मैं

एकत्व

बारूद के ढेर पर
बैठ
हमने किया प्रेम

जल जाने के लिए
जला देने के लिए
उस 'मैं' और
उस 'तुम' को
जिसने
सारी असमानता को खड़ा किया

परम्परा के नाम पर
समाज के नाम पर
वर्ग के नाम पर
जाति और धर्म के नाम पर
स्त्री और पुरुष के नाम पर
विभेद के विभिन्न रूपों में

हाँ
बारूद के ढेर पर
हम प्रेम में
एक साथ जले
'मैं' और 'तुम' को
जला देने के लिए

बाबा

बाबा,
तुम अक्सर कहते हो
कुछ न कर पाए हमारे लिए
कुछ न दे पाए अपने बच्चों को
सारा जीवन औरों को दे दिया

बाबा,
तुम अक्सर अपने खयालों में
अकेले-उदास निकल पड़ते हो
बीसियों बार सिलवाई
उसी टूटी चप्पल को पहने
उस चप्पल की एक-एक सिलाई
तुम्हारे तलवों से घिस कर
काली हो गई है
तुम्हारी चप्पल के पीछे-पीछे
बीसियों पैबन्द लगी
माँ की साड़ी और साया भी
चल पड़ते हैं
अपने बड़े-विस्थापित हुए
बच्चों के पैरों को
पंख देने के लिए

बाबा,
तुम अक्सर सोचते हो
कुछ न दे पाए

कुछ न कर पाए
हमारे लिए

बाबा,
सच की तुम्हारी अनवरत लड़ाई
हमारी चेतना का करती रही विस्तार
तुम्हारे ललाट की एक-एक शिकन
हमें बनाती रही चेतना सम्पन्न
तुम्हारी फटी एड़ियाँ
हमारी अक्षय ऊर्जा का स्रोत बनीं
तुम्हारी सहज मुस्कान
हमारे सहज-आनन्द की
राह के मार्गदर्शी बने

बाबा,
तुम्हारा हर भाषण, तुम्हारी हर कविता
जीवन-सूत्र बन
हमारा क्रान्तिकारी अभिनन्दन करती

तुमने जो कुछ औरों के लिए किया
वह सब हमारे लिए ही तो था
जो उनके लिए न जीते तो
हम बस
डॉक्टर, इंजीनियर, प्रोफेसर बनकर रह जाते
तुम्हारा पसीना
हमारी रगों में
क्रान्तिकारी चेतना बन
कभी नहीं बहता

एक दिवंगत कहानीकार पर दो शब्द!

उन्हें अच्छा और बड़ा रचनाकार
मानने से मैं कैसे करता इनकार
सो सबके साथ-साथ
मुझे भी कहने ही पड़े
उनकी तारीफ में दो शब्द

तारीफ में दो शब्द कहने की अदा में
मैं माहिर
चला शब्द बुनने
उन्होंने बुनी थी
कहानी-दर-कहानी महीन संरचना
फिल्में भी बनीं
उनकी कहानियों पर
प्रगतिशीलता के थे एक यूनिक स्तम्भ
वह भी मार्क्सवादी
और सच तो यह है कि
कहलवाना तो
मैं भी पसन्द करता हूँ
मार्क्सवादी

बहरहाल
दो शब्द तलाशने के लिए
करनी नहीं पड़ी मशक्कत
जानता था
सिद्धान्तों से कुछ खास लेना-देना
नहीं था श्रोताओं या अन्य वक्ताओं का

‘संरचनावाद’ से ‘उत्तर आधुनिकतावाद’ में
लपेट लिया
नई कहानी के इस
प्रगतिशील कहानीकार को
शब्दों का आधार बने
‘लूकाज’
उठाई दो कहानी
और मारी गेंद लूकाज की
धराशायी हो गए दिवंगत कहानीकार
प्रफुल्लित हुआ मैं

एक लड़की तस्वीरें उतारती
चुपचाप सुन रही थी
सब घायल और कायल
वक्तव्य पर
मगर वह लड़की
दिवंगत कहानीकार की
किताबों के आगे
जलते दीपक को देखकर
मुस्कुरा रही थी

मैंने देखा
दिवंगत कहानीकार
उसके संग मुस्कुरा रहा था
गेंद लूकाज की मेरी ओर बढ़ी
और
मेरा वर्ग
मेरी जाति
धराशायी हो
तिलमला उठी।

नानी

सात रंगों में रँगा है गर यह आसमान
नानी, तुम इन सात रंगों से बनी
सृष्टि में फैली अनन्त रंग हो
नानी,
तुम परिभाषित रंगों के कोश में समाती नहीं
विविध रंगों की बहार हो
मेरी नानी

व्याकुल मन-प्राण से मानव
जब-जब तका करता है तुम्हारी ओर
तुम बिखेर देती हो
अपने रंगों की बहार उन पर
रंगों की छटा बन कर
मानव का उल्लसित चेहरा बन जाती है
तुम्हारी बेटी
मेरी माँ

नानी
जीवन को तुम रूप, रंग, गीत दे
खुद कहानी-किस्सों की पोटली ले
गाँव-गाँव, शहर-शहर
चल पड़ती हो
अपनी थाती अपनी बेटी को सौंप

ओ मेरी नानी
मुझे भी सिखला दो न
रंग होना
आनन्द बिखेरना
बहार बन जाना

कविता और मुक्ति

कविता
क्या शान्ति के क्षणों में होती है घटित
कविता
क्या क्रोध से भी उपजती है कभी
कविता का घटित होना
क्या मुक्ति के पथ पर अग्रसर होना है

गर हाँ,
तो क्रोध की नियति विनाश ही क्यों
गर हाँ,
तो क्रोध से जन्मी कविता भी
मुक्त कर दे मानव को

क्रोध, शान्ति और मुक्ति का
गर यह परस्पर सम्बन्ध है
तो क्यों कविता घटित नहीं होती
हर अधर पर एक समान
क्यों नहीं हर क्रोध
माँ-पिता के क्रोध के समान
क्षण भर में ही
आँसुओं में बदल
शान्ति और मुक्ति की प्रेरणा 'प्रेम' बन
बरस जाता

संवादविहीन जोन में संवाद

पहली बार
देखी मैंने लाश
अर्द्धरात्रि में
पीपल के पेड़ पर टँगी

इससे पहले
मौत तो देखी थी
पर लाश नहीं

माँ
मेरे जनमते ही
मृत्यु में लीन हो गईं

जन्म के बाद
आज से पहले
मौत देखी
पर लाश नहीं
एक प्यारा दोस्त,
दादा-दादी, ताऊ
उनकी मौत देखी
लाश नहीं
वे सब
मेरे लिए
बहुमूल्य रिश्ते हैं
इसीलिए शरीर छोड़ने के बाद भी
उनको देखा

उनकी लाशों को नहीं
गहरी निद्रा में लीन
मेरे प्रिय जब
शरीर त्याग गए थे
उनके मृत शरीर में भी
सिर्फ प्रेम दिखा

पहली बार
देखी मैंने लाश
पीपल के पेड़ पर
नई-रंगीन साड़ी पहने
लटक रही थी
नवविवाहिता

मौत करती है संवाद
लाशें नहीं

रात भर
रोता रहा मैं
नवविवाहिता की लाश ने
सारे स्थापित संवादों को
बेमानी बना दिया
कोई फोन नहीं
कोई रिश्तेदार नहीं
कोई मित्र नहीं
न कोई घड़ी
न दिन-रात
न चाँद-सूरज
न पंछी-गीत
न मार्क्सवाद
न राष्ट्रवाद
न तरक्की
मेरी या मेरे देश की
न ही कोई सपना

सब थम गया था
बस आँसुओं की धार
जबरन सूरज को
निकाल लाई थी

एक अनजान लाश ने
कर्फ्यू लगा दिया
जीवन में पहली बार

संवादविहीन ज़ोन में
प्रवेश करके भी
नवविवाहित की लाश
गाँव के उस
वर्षों पुराने पीपल पर लटकी
कर रही थी संवाद

हथेलियाँ

तुम्हारी हथेली पर
मैंने अपनी दुनिया बसा ली
यह जानते हुए कि
समुद्र की अतल गहराई में
जाने के बाद
हथेलियाँ धुल जाएँगी।

पंछी

पंछी
एक रोज आता है
मेरी देहरी पर
कुछ देर बैठता
मौन
और चुपचाप चला जाता है

जब-जब
साँसों के आवागमन में
अवरोध पैदा होता
वह खिड़की पर बैठ
मौन, घंटों निहारता है मुझे

पंछी
आया उस रोज
खिड़की पर
बैठा मौन
निहारा आसमान को
और उड़ा ले गया
मेरे भीतर बैठे पंछी को

खाली पिंजरा
मौन निहारा करता है
आसमान को

देवदार

1

इतना मुश्किल क्यों है
तुम्हारे इतने पास होते हुए भी
तुमसे दूर रहना

2

ये देवदार
गहन तपस्वी हैं
जब-जब इन्हें देखती हूँ
तपस्विनी हो जाना चाहती हूँ

सहयात्री

तुमने
मुझे अनन्त आकाश दिया है
पंछी बन उड़ने के लिए

बिंदिया : 1

मेरे माथे की बिंदिया
तुम्हारी किताबों में
जा चिपकी हैं
जरा देर इन्हें
और चिपके रहने दो
तुम्हारे माथे की सलवटें
कुछ कम हो जाएँगी

बिंदिया : 2

यह चाँद
मेरे माथे से निकल कर
तुम्हारी हथेलियों के
आसमान में उग आया है

प्रेम सौन्दर्य

कलाई में
लाल नखी चूड़ियाँ
और उन चूड़ियों के
आगे-पीछे लगे
मोतियों के पतले बाले
कैसा अद्भुत सौन्दर्य है!

अपनी इन कलाइयों को
कभी मैंने
इतना आनन्दित नहीं पाया

सादगी भी
एक सोच है
और सोच के रास्ते
न सत्य को
जाना जा सकता है
न सौन्दर्य को जिया जा सकता है

ये सुर्ख लाल
नखी चूड़ियाँ
मोतियों के
ये पतले बाले
सभी धारणाएँ
पीछे छोड़ आए हैं

इन चूड़ियों के
वृत्ताकार से
सिर्फ मेरी कलाई ही नहीं
मेरा-तुम्हारा
निष्पक्ष, खाली शान्त मन
गुजर रहा है

इसकी खनखनाहट
तुम्हारी आनन्दित हँसी
और मेरे सहज मृदुल मुस्कान को
दुनिया में
सत्य बन
बिखेरते रहने का
वायदा कर रही

प्रेम-ज्ञान

कल
तुमसे हाथ मिलाते हुए
तुम्हारी गहन उदासी
मुझसे आ मिली

गहन उदासी को
मैंने अपनी
अँजुलि में
आहिस्ता से समेट लिया

कोमल कमल कली समान
वह मेरी अंजुली में
पलने को मचल रही थी

एक-एक कर
कमल की पंखुरियाँ
नींद से जागे
नन्हे बच्चे की तरह
आँखें मलती
खुलने लगीं
जैसे गहन अन्धकार में
किरणें एक-एक कर
फैलना शुरू हुई हों

मैंने देखा
मेरी अंजुलि में

कीचड़ भरा था
और ठीक
अंजुलि के मध्य में
सफेद कमल खिला
मुस्कुरा रहा

मैंने देखा
गहन अन्धकार में
ज्ञान का सूर्य
मेरी अंजुलि के
पूरब से
उदय हो रहा

प्रज्ञावान वृक्ष

तुम्हारे चरणों से
बाजरे की बालियों की खुशबू
मुझ अज्ञानी को
एक प्रज्ञावान वृक्ष के
निकट ले जाती है
जहाँ मैं
उस प्रज्ञावान वृक्ष के निकट
मौन चुपचाप खड़ी
एकटक
उसे निहारा करती हूँ
समस्त स्मृति से दूर
विचारों से पृथक
अंत:स्थल के
दरवाजे पर खड़ी
अपनी मौत का
करती हूँ इंतजार

प्रज्ञावान वृक्ष के
पीले पत्तों में
झूलते उमंग-उल्लास से भरी
खुद को पाती हूँ
और
चुप-चाप
टहनियों से
मंगल-नृत्य करते हुए
जड़ों में आ सिमटी हूँ

न जुड़ती हूँ
न ही पृथक् होती हूँ

इस प्रज्ञावान वृक्ष की
समाधिस्थ जड़ें
तुम्हारे चरणों में
लीन हो गई हैं
कोई पीड़ा
कोई कम्पन्न नहीं
आनन्दावेग में
उत्सव मनाते नयन
पखार रहे
तुम्हारे चरण

मैं वो हाथ

यह मेरे स्त्री होने की कथा नहीं
मानव होने के अन्तर्द्वन्द्व से उपजा अन्तर्नाद भी नहीं
सुर के जितना करीब होती हूँ
उतना ही अन्तर्द्वन्द्व से उपजा यह अन्तर्नाद होता है दूर मुझसे

मैं गीत नहीं
न ही किसी की प्रेरणा
मैं, मैं नहीं
एक स्त्री नहीं।
विघटित समाज का विघटन मेरी त्रासदी भी नहीं।
धर्म के निराकार रूप को आकार देती प्रेरणा का
बीज मंत्र भी नहीं।
जो किसी की राह रोक ले
वह पत्थर भी नहीं
न ही कोई भूख हूँ
जो किसी के शरीर या मन में समा जाए।
मैं तो समय भी नहीं।
मैं किसी दावे में नहीं,
किसी प्रतिज्ञा में भी नहीं।
पर, किताब खोलूँ तो
मैं हर उस जगह होती हूँ...क्यों?

मैं वो हाथ हूँ
जो बीज बोते हैं एक रंग के

पर जब धरती उसे अनन्त रंगों में परिवर्तित कर देती है
तो आह्लादित हो मिल जाती हूँ धरती से
खुद बीज बनकर

['अलाव' में प्रकाशित]

बतरसिया

बन्द गठरी खुल कर बिखर जाए
ऐसे बिलख-बिलख कर मुझसे लिपटी जा रही
आज निरन्तर
उसकी याद

वह कहता था
सूरज कभी डूबता नहीं
चलता होता है,
उसे हम डूबने नहीं देते।
जिस रोज मनुष्य चला था पहली बार
उस रोज सूरज आसमान की बाँहों में
भोर में लिपटा
पहली बार मुस्कुराया था।
सूरज ही था पहला
जिसने भोर का उपहार
सारे जगत को दिया

बारिश की बूँद जिस तरह
अपराजिता के पत्तों पर
हीरा बन चमकती है,
आज निरन्तर
उसकी याद
चमक रही है
मेरे हृदयस्थल पर

वह कहता था
बहुत से भय
अज्ञान से उत्पन्न होते हैं,
यदि मनुष्य शान्ति से रहे,
तो उसके पास चीजों को
देखने, समझने, याद रखने का समय हो

वह कहता था
जब मनुष्य
धीरज खो बैठता
और काल को पछाड़ने के लिए दौड़ लगाता है
तब दुनिया गड्डमड्ड हो जाती है।

मैं पत्ते की मानिन्द
उसकी याद
धूल की तरह मुझसे चिपकी
बारिश का करती है इंतजार

इतनी तेज रफ्तार में चलती दुनिया
लगती है थम गई है
सूरज थक कर सो गया है
ठहर कर सोचना
अनगिनत सौन्दर्य को
जी लेने का धीरज
समाप्त हो गया हो जैसे
मकड़जाल जैसी असंख्य विचारधाराओं में
उलझा मनुष्य
भूल गया है चलना

ओ, मेरे किस्सागो
सूरज और मनुष्य के गतिमान होने की कथा
एक बार फिर से कह सुनाओ!
ओ मेरे बतरसिया,

विरह में डूबी इस विरहन को
जागृत मनुष्य की कथा
फिर-फिर कह सुनाओ!

[मारिया वार्गाल्योसा का 'किस्सागो' उपन्यास पढ़ने के बाद]

पता नहीं

यह जो तुम कहते हो
हर बात पर
'पता नहीं! पता नहीं!'
इस 'पता नहीं' में
मेरे संसार का पूरा पता है
नदियों, झरनों, सागरों की
बहती अविरल धारा है
पर्वतों, पहाड़ों पर फैली
अनगिनत घाटियों का विस्तार है
यह 'पता नहीं'

तुम्हारे इस 'पता नहीं' में
भय है, अविश्वास है
किन्तु मेरा पूरा विस्तार है
बरखा की फुहार पर नाचती
बेलों की पद-धुन है
बासन्ती रंगों में रँगी
हवा में लहराती मेरी चुनरी है
मेरे केशों में झूला झूलते
बेला के फूलों का झूला है
तुम्हारा पता नहीं।
गगन-गगन गूँजता प्रणय-गान है

चैत में गुलमोहर के नीचे
चैती गाती माँ की मधुर आवाज है
ऋतु की यात्रा का शाश्वत प्रमाण है

यह जो तुम्हारा मायूस 'पता नहीं' है
मेरे गीतों के रागों का
परिचय-वृत्तान्त है
बिगड़े हुए सुरों को
गुरु की फटकार है
बीभत्स राजनीति का दर्पण है
शोषित समाज की गाथा है

तुम्हारा 'पता नहीं'
इस बिलखते समय का
करुण विलाप है
टूटती रीढ़ का
छाया-चित्र है
एक कवि हृदय की
बेचैन रचना है

यह 'पता नहीं'
तुम्हारी अज्ञानता या अनभिज्ञता नहीं
मेरे बौद्धिक ज्ञान पर
एक अट्टहास है!

[अलाव में प्रकाशित]

बिम्बों से परे

तुम्हारे
आरोहण और अवरोहण को
अब किसी बिम्ब की या
प्रतीकों की आवश्यकता नहीं

तुम हो
जैसे मैं हूँ
एक-दूसरे में खोने-उतरने के
सुदूर स्वर्गिक आनन्द से परे
हम हैं
वहाँ
जहाँ सब हैं

विरह की
विराट इन्द्रधनुष दृश्यावली में
अन्धकार और चन्द्रमा की
अब उपमा नहीं
दृश्य-अदृश्य
हमारी नि:शब्द
आत्मीयता
सहयात्री हैं
ज्योतिर्मय चेतना के नयनों में दीप्त

निरपेक्ष

माँ
कविता लिखने और छपने के
तुम्हारे आग्रह का
करती हूँ सम्मान

माँ
शेफाली वह
अनाम कविता है
जो कालचक्र
और कलाचक्र से निरपेक्ष
सत्य के द्वार पर खड़ी
दस्तक दे रही

अन्धकार की ठोस जाली को
सुदूरवर्ती ज्ञान जगत से अनावृत्त करने का प्रयास
चंचल स्वप्नों के अन्तिम अवशेषों पर
सफेद कमल के फूल चढ़ाने जैसा है

माँ,
रहस्यमयी ज्योतिर्मय किरणों की
कर लेने दो यात्रा उसे

दमन

कभी सोचा है दमन के बारे में?
सिर्फ और सिर्फ दमन के बारे में
स्त्री और पुरुष के बारे में नहीं
धर्म और जाति के बारे में नहीं
सिर्फ दमन के बारे में
बड़े और छोटे के बारे में नहीं
ऊँच और नीच के बारे में नहीं
सिर्फ और सिर्फ दमन के बारे में

दमन, केवल दमन के बारे में
सिर्फ अकेले दमन के बारे में सोचा है कभी,
दमन के आगे-पीछे, ऊपर-नीचे
बिना शब्दों की फौज का चक्रव्यूह रचे
क्या कभी सोचा है दमन के बारे में?

दमन के खिलाफ
झंडे, भाषा-बोली, नारा उठाने के बजाय
फेसबुक, ट्यूटर करने के बजाय
दमन के क्षणों को
एक साक्षी की तरह जीया है कभी
दमनकर्ता, दमनहर्ता और दमन-सहता को
दमन के क्षणों में देखा है कभी
कभी उन क्षणों में
उनकी चेतना के दर्शन किए हैं?

दमन के खिलाफ
दमन रहा है सदा
दमनकर्ता-अहंकार
दमनहर्ता-अहंकार
और तो और
दमन सहता-अहंकार
किसी को दमन करने का अहंकार
किसी को दमन सहने का अहंकार
किसी को दमन को पराजित करने का अहंकार

दमन में दमन
सदैव रहा है विजयी

सपना

बचपन में
माचिस की तीलियों से
हमने बनाए थे मकान
माचिस की खाली डिब्बियों से
बनाया था सोफा

जबकि
आज न मकान का
कोई सपना है
न सोफा की कोई चाहत

सपना है
इन तीलियों को
वापस खाली डिब्बों में
भर देने का
जला डालने का
उनके सारे मकान
और
उनमें सजाए फर्नीचरों को
जिन्होंने
बेघर और यतीम बनाया है
दुनिया के
एक बड़े हिस्से को

हथेली : 1

ये जो दो हथेलियाँ हैं
एक तुम्हारी
और एक मेरी
जब-जब जुड़ती हैं
एक साथ
धरती बन जाती हैं
उड़ती हुई धूल को संचित कर लेती हैं
हवा कुछ बीज उड़ा लाती है
बादलों से नन्ही बूँदें
नीचे ताक-झाँक करती
टपक पड़ती हैं

ये जो दो हथेलियाँ हैं
एक तुम्हारी
और एक मेरी
सूरज की किरणों से
बीजों को नहला कर
घाघरा पहना रहीं

बीजों से बनते नन्हे पौधों की जड़ें
उग आई हैं
हथेलियों पर रेखाएँ बनकर

ये जो दो हथेलियाँ हैं जुड़ी
एक तुम्हारी

और एक मेरी
सदियों से प्रतीक्षारत बीजों का गर्भ बन
नई फसल
तैयार कर रहीं

हथेली : 2

कितनी खुरदरी-सी
हैं तुम्हारी
ये हथेलियाँ
बिलकुल शिमला के इन पहाड़ों-सी

जब भी करती हूँ
इन हथेलियों की यात्रा
विस्मय से भर जाती हूँ
कितना कुछ उग आया है
इन हथेलियों पर
ये चीड़
ये देवदार
असंख्य फूल
रंगों की छटाएँ
बिखरी पड़ी हैं
इन हथेलियों पर

मेरी आँखें
बादल बन झूम-झूमकर बरसती हैं
अपनी ऊबड़-खाबड़ हथेलियों पर
नदी-निर्झर बना
इन आँसुओं का पुनर्जन्म
सिद्ध कर देते हो तुम

मेरे होंठों को बड़े प्यार से
छूकर

तुम्हारी उँगलियाँ
अपनी हथेलियों पर
खिला देती हैं
टह-टह लाल बुरांश

ये तुम्हारी हथेलियाँ
अनन्त यात्रा हैं मेरी
सोचती हूँ
इन हथेलियों पर
किसी नदी किनारे
बसा लूँ
एक छोटा-सा आँगन
तुम्हारी हथेली पर ही हो
सम्पन्न
दुनिया के तमाम बच्चों के संग
मेरी यह अनन्त यात्रा

हथेली : 3

अपनी हथेलियों में
रात को उतार लाए हो तुम
और चाँद बना कर
मुझे अपनी मुट्ठी में
बन्द कर लिया है तुमने

ये जो बन्द मुट्ठी से
प्रकाश झिलमिला रहा
तुम्हारी हथेलियाँ
आकाश बन
धरती में समा गई हैं

अँधेरे को हथेलियों में
उतार लाने वाले मेरे हमसफर
मिलन का क्षितिज
रच दिया है तुमने

हथेली : 4

तुम्हारी हथेलियों में
मेरी हथेलियाँ जाते ही
समा जाती हैं
कहीं गुम-सी हो जाती हैं
ठीक वैसे ही जैसे
माँ के हृदय में
दुनिया के सब बच्चे समा जाते हैं

तुम्हारी हथेलियों की रेखाएँ
और इन हथेलियों की रेखाएँ
जैसे छोटी-छोटी नदियाँ
बड़ी-बड़ी नदियों में समाते हुए
तुम्हारी उँगलियों पर उभरे भँवर में
खुद को खोती हुई
बढ़ती चली जा रही
सागर से मिलने के लिए

जब से तुमने
इन हथेलियों को थामा है
हमारी आत्माएँ मंथन करतीं
पूरे वेग से खुद को मिटाने चल पड़ी हैं
हर भँवर में खुद को डुबोती
मरण का उल्लास मनाती
मंथन करती
असीम प्रेम बाँटती
बहती चली जा रहीं

हथेली : 5

तुम्हारे पगों के निशान
मेरी हथेलियों पर उभर आए हैं

तुम्हारे तलवों की रेखाएँ
मेरी हथेलियों की रेखाओं से आ मिली हैं
इतनी समान हैं
ये रेखाएँ कि
फर्क करना मुश्किल है
तलवों और हथेलियों के बीच

मेरी हथेलियों का अर्धवृत्त चाँद
तुम्हारे तलवों में सूरज बन उग आया है

तुम्हारे पग-चिह्नों की माटी से
कुछ दीये गढ़ रही हैं ये हथेलियाँ
कि रौशन हो जाए हर कदम तुम्हारा

माँ : 1

माँ
एक प्यारी कविता की तरह है
जिसे
हर रोज
अपने जीवन रूपी डायरी में
मैं लिखती हूँ

वह
मेरे हर दिन को
सतरंगा बना देती है

जब कभी
उदासी के क्षणों में
यह डायरी खोलती हूँ
इन्द्रधनुष निकल
सात रंगों से
मेरे हृदय का श्रृंगार करने लगता है
पलकों पर जमीं नन्ही बूँदें
सतरंगी किरणें बिखेरने लगती हैं

माँ : 2

तुम्हें प्यार करना
बारूद के ढेर पर बैठ
चाँद से गुफ्तगू करना है

तुम्हें प्यार करना
सूखी-बंजर धरती पर
लहलहाती हरी-भरी फसलें पैदा करना है

तुम्हें प्यार करना
दुनिया को उम्मीद से
भर देना है

तुम्हें प्यार करना
बच्चों की नींद में आने वाले
हसीन ख्वाबों की ताबीर बन जाना है
तुम्हें प्यार करना
सूखे पड़ गए होंठों पर
गुलाबी मुस्कान बन बिखर जाना है

हाँ माँ, तुम्हें प्यार करना
गहन अन्धकार में
दीपक की तरह जलना है

माँ : 3

माँ,
तुम मेरे जीवन में
बरखा की ठंडी फुहार हो

मेरे नयनों में लहरें बनकर
उमड़ती-घुमड़ती रहती हो

जब-जब घटा चाँद को
अपने आँचल से ढक लेती है
ऐसा लगता है
तुमने अपने ममतामयी आँचल में
समेट लिया है मुझे

और यही नहीं माँ,
बारिश में जब चम्पा के फूल
पेड़ से इठलाते हुए टपक पड़ते हैं
ऐसा लगता है मुझे
जैसे मैं माँ की गोद से छूटकर
धरती पर मिट्टी में खेल रही

और माँ,
कभी-कभी तो
तुम्हारी माँ बनकर मैं
हौले से तुम्हारे बालों में
अपनी उँगलियाँ फिराते हुए
हल्की-हल्की मालिश कर

तुम्हारे जीवन के सारे कष्ट
अपनी उँगलियों में समेट लेती हूँ
एक नन्ही बच्ची के रूप में
तुम्हें अपनी गोद में भर लेती हूँ

तुम्हारे गालों को
अपनी नरम उँगलियों से
न जाने कितनी ही बार
मैंने प्यार किया है
मेरी हथेलियाँ
तुम्हारे माथे पर
ऐसे फैलती हैं जैसे
ईश्वर की आशीष-छाया

कभी मैं
नन्ही बच्ची बनकर
इठलाती शरारत करती
तुम्हारे संग खेलती हूँ
तो कभी तुम्हारी माँ बन
तुम्हारी हर पीड़ा
तुम्हारे चेहरे की हर शिकन को
अपने भीतर समेट लेती हूँ

बीज

धरती के गर्भ में
समा जाने को मचलता
बीज हूँ

सहस्त्र बाँहें फैलाए
आसमान को अपने
आगोश में लेने का
सपना सँजोए
बीज हूँ

धरती के सारे भेदों को चीर
उसके कण-कण को चूमने
को विकल बीज हूँ

धरती और अम्बर के प्रणय का साक्षी
बीज हूँ
अग्नि, जल, वायु के
संयोग से बना
बीज हूँ मैं

कोयल

हे कोयल!
गाओ, तुम गाओ
आम या गुलमोहर की डाल पर बैठ
अपने सुरों के तार छेड़ दो
भयाक्रान्त मानव के
प्राण-विहग को
मुक्त करो

हे कोयल,
तुम्हारे गीत
क्रान्ति दूत हैं
भय की जंजीरें तोड़
प्रतिरोध की गूँज बन
मानव हृदय को
कम्पित करते हैं

हे कोयल,
ऋतुराज बसन्त की प्राण-वीणा
बजती रहो
तब तक
जब तक कि
हर हृदय
भय मुक्त
सुरों से कम्पित हो
प्रतिरोध का शंखनाद न छेड़ें

हे कोयल
तू ही है
निष्प्राण मानव की
क्रान्तिवाहिनी
तुम्हीं हो सुसुप्त मन-प्राण की चिंगारी

चूल्हे की आग के नाम सम्मन

घर के बीचों-बीच
आँगन से
बँधे किनारों के
गोलम्बर में
चूल्हे की आग
सुलगती-सिमटती
ओंघाए-पोंघाए
बर्तनों में
बीने हुए सपनों को
सिझाती-पकाती है

माँ, बुआ जब भी
सुलगाती हैं चूल्हे
एक खुशबू घेर लेती है
पूरे घर को
नहीं पता
यह अरहर की जलती सूखी डाँठ से
निकलने वाली खुशबू है
या
माँ-चाची के हाथों की कलाकारी
जो सिर्फ चूल्हा बनाने की
कला ही नहीं जानतीं
अपनी कलाकृति को
हर साँझ-सवेरे
लीपते-पोतते हुए आशीषती भी हैं

चूल्हे की आग
सुलगाती-महकाती है
कुनबा-घर
गाँव-मोहल्ले
और कभी ठंडी पड़ जाए
तो राख में छिपी
चिंगारी को
माँ-दादी सुलगा लेतीं
सूखे पत्तों के सहारे

चूल्हे की आग
ठंडी पड़ते
शायद ही कभी किसी ने देखी हो

जब-जब
यह ठंडी पड़ जाती
राख बन
खेतों में बिखर जाती
विस्थापित राख
खुद को
अन्न-सब्जियों में
स्थापित कर
अपने ताप के साथ
सीझने-पकने को
तैयार होती

ओंघाए-पोंघाए
बर्तन को चमका
चूल्हे की आग
बन चुकी राख
बर्तन को दर्पण बना देती
खाना पकाते-पकाते
दीदी-भाभी अक्सर खुद को देख
निहारती-लजाती-सकुचाती हैं

सुना है
चूल्हे की आग के नाम
सम्मन भेजा गया है

सम्मन में
यह साफ-साफ लिखा है कि
चूल्हा राष्ट्र के विकास में बाधक है
इसलिए चूल्हे पर राष्ट्रद्रोह का मुकदमा है
इसने अपनी आग में
गाँव को जिलाए रखा है
नए राष्ट्र के निर्माण में
गाँव धब्बा है

शहर स्थापित होंगे
गाँव विस्थापित होंगे
शहर सच है
गाँव झूठ है
और चूल्हे की आग ने
अपने भीतर
गाँव को अब भी समेट रखा है

होना

गुजर जाने
और होने के दरम्यान
कुछ भी नहीं
अक्सर हम
ऐसे होते हैं
जैसे हों ही न
हमारा होना झूठ होता है

जीना चाहती हूँ

सुन सकती हूँ
जो सब सुनते हैं
देख सकती हूँ
जो सब देखते हैं
फिर भी
अन्धेपन और बहरेपन से
आजादी चाहती हूँ

जो बोलते हैं सब
उसे सुनती हूँ
फिर भी
लिखे, बोले और सुने जाने के खिलाफ
यह अन्धापन
यह गूँगापन
यह बहरापन
प्रतिबद्ध है

झूठ है
बोला, लिखा और सुना जाना
झूठ है
अन्धेपन
गूँगेपन
और बहरेपन का
विरोध

सच जीना चाहती हूँ
मेरा वास्ता
न तो किसी षड्यंत्र से है
न ही उस षड्यंत्र का हिस्सा
बन चुके प्रतिरोध से

क्योंकि
तुम्हारे गीत सुने नहीं जाते
तुम्हारा स्पर्श
रोम-रोम को
झंकृत करता है
फिर भी देखा नहीं जाता
कंठ से तुम्हारे ही
मधुर स्वर फूटते हैं
फिर भी होंठों से
वह किसी के भी
उच्चरित नहीं होते

मैं जीना चाहती हूँ
अपनी हत्या के
षड्यंत्रकारियों या
मुझे बचानेवालों के खिलाफ नहीं

मैं जीना चाहती हूँ
बोलना-सुनना और देखना चाहती हूँ
उनके ही हृदय से
प्रस्फुटित परम चेतना
बनकर

नमक : 1

यह नमक
कितनी बेपरवाही से डाला जाता
और
हो जाता है
हर बार
परवाह करती माँ की तरह

नमक : 2

मुफ़लिसी में
घिसी हुई चप्पल के साथ
नमक की पुड़िया
हौसला बन
बेगैरत सड़कों, गलियों में
भटकती है

आँखों की कोर में
जम कर बैठ जाती है

जिसका स्वाद
चखें तो कैसे
कोई सरकार
समाज और धर्म के ठेकेदार

नमक : 3

माँ
आज दुआओं में
तुमसे कुछ नहीं चाहिए

बस,
इतिहास के स्वर्णिम पन्नों से निकाल
अपने आँचल की पोटली में बँधे
नमक में से
थोड़ा-सा नमक
मेरी नन्ही अँजुली में डाल दो
ताकि
अपनी जीवन यात्रा में
गांधी और माँ के नमक को
प्रेमचन्द की भाँति
श्रम और प्रेम का दूत बना
हर गली, हर मुहल्ले
हर गाँव, हर शहर
हर वन, हर बगीचा
धरती-आसमान में
चारों ओर बिखेर दूँ

सबकी दुनिया

एक लकीर
मैंने खींची
एक तुमने

आधी-आधी
दुनिया
बसा ली हमने

कब लकीर पर खींचा
यह अर्धवृत्त
पूरी दुनिया बन गया
पता ही न चला

एक ही लम्हे में
एक ही पेंसिल से
एक ही कोरे कागज पर
एक साथ ही तो
हमने लकीर खींची

एक-दूसरे की ओर
पीठ किए
आधी आधी दुनिया
बसा ली हमने
और
जब एक-दूसरे के सामने आए

पूरी हो गई
यह दुनिया

सिर्फ
तुम्हारी या मेरी नहीं
सबकी दुनिया

कविता घटी

जब यह धुंध गहराई थी
नहीं थे हवा की मद्धम ताल पर नाचते
जन्म-मरण का उल्लास मनाते ये पत्ते
नहीं थी धर्मशाला की वह पगडंडी
जिस ओर से गुजरती है उस वृद्धा की सजल मुस्कान
नहीं ठहरती
एक पल के लिए उसकी शान्ति
विवेकानन्द के निवास को छूती
बरसों से बन्द पड़े मकान को
झिलमिलाती रौशन कर जाती

हाँ, जब यह धुंध गहराई थी
नहीं था उल्लास
नृत्य-संगीत का उत्सव
नहीं थी शान्ति

शब्दों का साम्राज्य
अन्तरमन को उलझाए
धुंध में भटकते रहने को विवश
शब्दों के बोझ से
कविता तड़पती
घटित होने को मचलती

आज जब पत्तों ने
मुक्ति का आह्वान किया

वृद्धा की सजल मुस्कान ने उसे ओढ़ कर
अमर बना दिया

धुंध छँटी
कविता घटी

पहली क्रान्ति

कई बार
खुद को वहाँ खड़ी पाती हूँ
जहाँ कोई बैठा तकता नहीं राह
जहाँ से फूटती नहीं कोई धारा
जहाँ न कोई उलझन
न कोई उम्मीद
न ही कोई शिकवा-गिला
न ही सपना कोई

कोई तो बता दे
खुद को कहाँ लाकर
खड़ा कर दिया मैंने

हाथ बस
बुन रहे मफलर
जन्म-दिन है बेटी का

मैं उसकी 'माँ-सी'
वह बुलाया करती है 'माँ' मुझको
उसकी एक पुकार
'माँ, माँ, माँ'
मुझे सभी द्वंद्वों से दूर
ले जाती है उस जगह
(जहाँ कुछ शेष नहीं)
जो
मानव-मुक्ति का मिलन बिन्दु है

माँ...माँ...माँ
यहीं से कोई धारा फूटी थी शताब्दियों पहले
यहीं किसी ने सपना देखा था
पहले पहल

लोरी गीत का रूप ले आई
सपनों की दुनिया साकार करने

माँ ही तो है
पहली क्रान्ति
और पहली योद्धा
उसकी सन्तान

क्या, अब भी पूछना है मुझे
'खुद' को कहाँ लाकर
खड़ा कर दिया मैंने

बगीचा

घर
उसके अनन्त सौन्दर्य को बढ़ाता बगीचा
हर एक पौधा प्रेम-दूत
हर एक पुष्प शान्ति-दूत

रंग, रूप, गंध सींचती माँ

उसे अब कोई नहीं देखता
ना ही सुनता है कोई
वह एक मौन
नि:शब्द रूपाकार भाषा जिसकी
शून्या वह
आज घर के
उस बगीचे में
कुछ पौधों को मुरझाया पाया

बगीचा
माँ सींचती है
माली नहीं
प्रेम, शान्ति के बीज बोती है माँ

मैं और तुम

मैं हर उस जगह होती हूँ
जहाँ होते हो तुम
हर उस डाल पर
जहाँ पक्षियों के संग बैठ
गुनगुनाते हो तुम
हर उस फूल पर
जिस पर भ्रमरों के संग
मँडराते हो तुम

हर उस
बगीचे में हवा बन
लहराती हूँ
जहाँ तितलियों में
रंगें बिखेरते हो तुम

मैं हर उस जगह होती हूँ
जहाँ होते हो तुम
तुम्हारे हर सच में
तुम्हारे चेहरे पर आनन्द बन प्रकट होती हूँ
तुम्हारे हर झूठ में
तुम्हारी पलकों पर नन्ही बूँदें बन जम जाती हूँ
तुम्हारी बेपरवाही में
तुम्हारे चेहरे की शिकन बन
उभर आती हूँ
तुम्हारी शरारतों में

तुम्हारे होंठों की मुस्कुराहट बन
सुर्ख लाल हो जाती हूँ

कैसे पृथक करूँ
तुम्हें खुद से

जहाँ-जहाँ तुम पग रखते हो
तुम्हारे पगों के निशान बन जाती हूँ

जब तक चलते रहोगे
मैं मिटती और बनती रहूँगी

वे नन्ही आँखें

इन सर्द रातों की तनहाई में
बच्चों की हँसी का उजाला ओढ़े
आ मिले हो गले मुझसे

बैरन आँखों में बेटी
कहानियों का गट्ठर खोल,
बुढ़िया नानी बन बैठी
कहे जा रही कहानियाँ
किस्से का राजकुमार
खरगोश के बच्चे को राक्षस से बचा
माँ की गोद में डाल देता है

बेटी की कहानी अनवरत चलती चली जा रही

राक्षस बन रातें
खटखटाती हैं जेलों के द्वार
माँ से छीन कर
जेलों में बन्द कर देते हैं बच्चों को
तुम्हें राजकुमार बना
बेटी बचा लेती है खुद को
और लिपट जाती है मुझसे

इन सर्द रातों की तनहाई में
बेटी की कहानियाँ
लिहाफ बन मुझे समेट लेती हैं

तीन साल की आँखें
ऐसे जैसे
सदियों पुरानी प्रौढ़ आँखें हों
तुम्हारा जिक्र करते
आह्लादित हो
सारे सूखे स्रोतों को
भर देती है जल से
मेरे निस्तेज गालों को
सुर्ख लाल गाल उसके
हौले से छू कर
झील में कमल-सा खिला देते हैं

इन सर्द तनहाई की रातों में
बच्चों की आँखों के
हसीन ख्वाब बन तुम
मेरे आँगन में ठंडे पड़ गए
चूल्हे को जला रहे हो

आँसू

आँखों का समन्दर
गहरी खाइयों से हो
गालों की रेत पर
कितनी सादगी से
गुजरा करता है

कितना मौन!
न सिसकियों की तरंगें
न शब्दों की नुमाइश
जाने क्यों इसे समन्दर कहा
कहने वाले ने

हृदय में हिलोरें लेतीं
आँखों में समा
कितनी शान्त
न किसी की राह देखती
न ही किसी दरवाजे पर दस्तक देती
बस पत्थरों के बीच से
कोई रास्ता बनता दिखता
तो बह निकलती

जाने क्यों
इसे समन्दर कहा
कहने वाले ने
यह तो नदी है!

संस्पर्श

रात ने
पहाड़ों को काली चूनर
ओढ़ा दी है

माँ ने हर घर में
दीप जला कर
काली चूनर पर
रंग-बिरंगे, सुनहरे
सितारे टाँक दिए हैं

अहले सुबह
माँ घर से निकल
दुलार-पुचकार आई हैं सूरज को
अठखेलियाँ करता सूरज
माँ के संस्पर्श से खिलखिला पड़ा है

दीयों से जरी चुनरी
ढलक गई है
पहाड़ों को नहला-धुला
श्वेत वस्त्र पहना आई हैं माँ
मुस्काता रँगरेज
वस्त्रों में रंग भर रहा
रंग भरते-भरते
जब सूरज को माँ की याद आती है
आसमान-पहाड़ों को काली चुनरिया ओढ़ा

हौले-हौले, धीमे पाँव से
छुप जाता है वह

माँ हर घर में दीप जलाकर
फिर-फिर
टाँकती हैं सलमा-सितारा चुनरी में
सलमा-सितारा जड़
माँ निकलती हैं ढूँढ़ने सूरज को
मिलने पर
दुलार-पुचकार पा
मनावन धरवा
फिर-फिर सूरज
वात्सल्य प्रेम में नहाया
रंग भरने लगता है सृष्टि में।

देवदार और पिता

देवदार
बरसों से खड़े
पहाड़ों के हृदय में खुद की जड़ों को फैला
पहाड़ों के हृदय की धमनियाँ बन गए हैं

ये देवदार
अपने लिए कभी समतल भूमि नहीं तलाशते
ऊबड़-खाबड़, पथरीली, बोझिल दिखने वाली जगहों में
उग आते हैं
बादल, नदियों-झरनों और
उस नीले आकाश के संग मिलकर
पहाड़ों का श्रृंगार करते हैं

देवदार
मौन खड़े रहते
अटल-अविचल
तेज प्रबल, झंझावातों में
सृष्टि के ये दैवी सन्तान
जीसस और शिव की साधना के साक्षी
ये देवदार

हर बार
अपनी उमंगों में
अपने अवसादों में
अनुभूति के गहनतम क्षणों में
पंछी

देवदार पर जा बैठते
ठहरते, मौन-बतियाते
उड़ जाते

विविध रंगी
अनन्य पंछियों के आश्रय हैं
ये देवदार

झूलती-मचलती
हवाओं के संग अठखेलियाँ करती
कभी मौन कभी गम्भीर
देवदार पर बैठी
वह नन्ही पंछी मैं ही तो हूँ
और पापा
आप देवदार

साथ-साथ

क्या तुम कभी सूरज के साथ उगे हो
चाँद के साथ चमके हो, ढले हो

अपनी हथेलियों को पंख बना कर
पंछियों के साथ उड़े हो

क्या तुमने कभी कोयल के साथ राग विहाग का विलम्बित गाया है
हवा के संग-संग नाचे हो

नदी के संग बहे हो
समुद्र की लहरों के संग उठे हो, गिरे हो

क्या तुम कभी बादल बन बरसे हो, झूमे हो
आकाश बन छा गए हो धरती पर

अगर नहीं
तो आओ
अब संग-संग उगें, चमकें, उड़ें, बहें गाएँ-नाचें
आओ
संग-संग फिर-फिर झूमें-बरसें, गिरें-उठें

जीवन्त

सबसे ज्यादा जरूरी है
जिन्दा रहना
उन सपनों के लिए
जो कभी देखे नहीं गए
उन आँसुओं के लिए
जो कभी बहे नहीं

उन पथराई आँखों में
सूरज उगा देने के लिए
जिन्हें छू कर
कभी नदियाँ गुजरीं नहीं

हाँ, मेरे मित्रो
सबसे ज्यादा जरूरी है
जीवन्त रहना
जिन्दा रहने के साथ-साथ
जीवन्त रहना
उन होंठों पर
चाँद खिला देने के लिए
जिन्हें छू कर कभी कोई हवा गुजरी नहीं

जरूरी है जीवन्त रहना
उन दोस्तों के लिए
जो अपने हृदय गर्भ में
क्रान्ति का बीज डाल

मोहब्बत के अँधेरे में गुम होकर
मरने की जिद ठाने बैठे हैं

जरूरी है जीवन्त रहना
उन दोस्तों के
हृदय में पड़े बीज को
प्रेम की ठंडी फुहारों से सींचने के लिए
ताकत और उमंग
पैदा करने के लिए

सबसे ज्यादा जरूरी है
इस समय
जीवन्त रहना
ऐ मेरे मित्रो
इन ठूँठ हो गए लोगों के हृदय को
सिंचित कर
गुलमोहर-अमलतास बना देने के लिए
ताकि
तपती धरती पर मचे हाहाकार में
गुलमोहर-अमलतास की चादर बन
बिछ आएँ ये ठूँठ पड़े लोग

हाँ,
सबसे ज्यादा जरूरी है जीवन्त रहना
क्योंकि साँसों के ताने-बाने ही बुनते हैं
प्रेम की चादर

क्योंकि
साँसों की ठंडी फुहारों से ही तपते हृदय में
मृत पड़े बीजों का
अंकुरण-प्रस्फुटन होता है

क्योंकि
जीवन्त होना

सिर्फ बेपनाह मोहब्बत को साकार करना नहीं है
जीवन्त होना
हर भूख, हर बेबसी
हर करुण विलाप
हर हिंसा पर विजय पाना है

क्योंकि
जीवन्त होना
मौत के साथ खिलखिलाना है

क्योंकि
जीवन्त होना
पत्थर पर पुष्प बन खिल आना है

जलप्रपात

कितना खूबसूरत!
कितना मनमोहक!!

नदी का साहस
उतनी ऊँचाई से गिर पड़ती है
गिरती है
वेग से
इतने वेग से
जैसे वेग शून्य हो चला है
शून्य में न सोच कोई
न उलझन
बस
अधिकतम ऊँचाई से
अधिकतम गहराई की यात्रा

गिरती है
बस गिरती चली जाती है
पूरे प्रवाह से गिरती
और चट्टानों-पहाड़ों को
आकार देती
सूर्य की किरणों से रँगती
बढ़ती चली जाती है

चट्टान-पहाड़
तड़पते-बेचैन होते
प्रसव वेदना को झेलते

चुपचाप नतमस्तक
नदी के प्रखर प्रवाह के सामने
अपने स्वरूप का इंतजार करते
तटस्थ-अविचल बने रहते

जितनी गहरी चोट
उतना गहरा रूप परिवर्तन

जैसा सुन्दर रूप
प्रसव वेदना का आनन्द उतना ही मर्ममय

नदी
कितनी ऊर्ध्व ऊँचाई से
गहन गहराई की यात्रा करती
अपने सहयात्रियों का रूप परिवर्तन करती
खुद भी बदलती
गिरते हुए जलप्रपात कहलाती
गिर कर फिर नदी बन जाती

ओस की नन्ही बूँद

मैं
वह
ओस की नन्ही बूँद हूँ
जो
सूर्य किरणों के
तेज में नहाई
हरी दूब पर जा बैठी
हीरा बन चमक रही

संक्षिप्त जीवन
यात्रा लम्बी

सागर से मिलन की
यात्रा में
मैं मिलूँगी
बार-बार तुमसे
क्षितिज का द्वार खोले
तुम्हारी गहन-पीड़ा के
प्रसव से
तुम्हारे नयनों के गर्भ में
लूँगी जन्म
बार-बार
हर बार
तुम्हारे उदास गालों को
चूमती-बहती हुई

तुम्हारे शरीर के
रोम-केशों में समा जाऊँगी

जेठ की तपाती-झुलसाती लू-लपट
जब उड़ा ले जाएगी मुझे
आषाढ़ में
तुम्हारा इंतजार
जब-जब
आसमान की ओर उठेगा
मेरी कुन्तल-राशि
बादल बन
आसमान पर छा जाएगी
और
तुमसे मिलन के आनन्द में
घुमड़-घुमड़ कर
बरसेगी
हाँ
मैं फिर नए समय
और नई जगह
जन्म लूँगी
बूँदें बनकर
बरसूँगी, लिपटूँगी
खेलूँगी
तुम्हारे रोम-रोम के
संस्पर्श से
खुद को जगाती हुई
पूरे वेग से
बहती चली जाऊँगी

कहीं किसी
तट के किनारे
उलझे सवालों में गुम बैठे
नदी के तट का
दूसरा किनारा ढूँढ़ते

तुम्हारे नयन
जब थक-हार कर
बैठ जाएँगे
बहती हुई मुझको
तुम अपनी अंजुलि में उठा
मुझे अपने चेहरे पर
फैला दोगे
मैं पंच-तत्त्व लिये
तुम्हारे चेहरे में
विलीन हो जाऊँगी

यूँ ही
अपनी मुक्ति-यात्रा में
बार-बार
हमारा मिलन होगा
जब-जब
मिलूँगी तुमसे
पावन औ अदृश्य
होती जाऊँगी

तुम्हारी प्रिया
तुमसे मिलन
माध्यम से ही
सूक्ष्मतर अदृश्य
चराचर होती हुई
सागर से मिलन के लिए
तुम्हारे ही घर-आँगन में
एक बार
फिर पहुँचेगी
जहाँ
दुनिया के बच्चों के संग
सागर की लहरों से
खेल रहे होगे तुम

आँखें

कभी ये आँखें
अकेली नहीं हुईं
आज
तुम्हारी याद ने
इसे
सारी दुनिया से
अलग कर दिया है

ये आँखें
घने जंगल के बीच
हिमालय की गुफाओं में
कठिन तपस्या करते हुए
फूट पड़ना
चाहती हैं
इन्हीं अँधेरी गुफाओं से
निर्झर बन कर

जिस पल ये
सबसे दूर होती हैं
उन्हीं पलों में
समस्त सृष्टि के
कण-कण से होकर
गुजर जाना चाहती हैं
ये आँखें

नन्ही बूँदों का होना

जितना खोदोगे
उतनी ही गहरी
होती जाऊँगी
गहरी और गहरी
तुम उतरते चले जाओगे
अतल गहराइयों में
फिर भी
मेरी गहराई
माप नहीं पाओगे

जितना ढूँढ़ोगे
उतना ही खोती
चली जाऊँगी
गली-मुहल्ले
देश-दुनिया
पहाड़-नदी
फूल-पंछी
जितना ढूँढ़ोगे
उतनी ही
खोती चली जाऊँगी
सबमें

तुम खोदो
तुम ढूँढ़ो
मगर एक बार
किसे ढूँढ़ रहे

यह तो पूछ लेना
खुद से

कहीं
हर उस जगह
जिसे तुम
खोद रहे
जिन जगहों को तुम माप रहे
उसके जर्रे-जर्रे पर
नन्ही-नन्ही बूँदें
तुम्हें ही तो नहीं
लिख और मिटा रहीं

नव-आगमन

दर्द और पीड़ा से
कराहती इस धरती पर
आनन्द के दो फूल
उगाने आई हूँ

प्रार्थना

तुम्हारे ही अश्रु जल से
सींची हुई बीज हूँ

न तुमने बाँधा
न तुम बँधे
न मैंने बाँधा
न मैं बँधी
तुम मुझसे मुक्त
मैं तुमसे मुक्त

तुम्हारे अश्रु जल से
सींची हुई प्रार्थना हूँ

भेद-अभेद

इतना पाया
इतना पाया कि
पाने और खोने का
भेद जाता रहा

इतना आनन्द मिला
इतना कि
सुख और दुख
अदृश्य होते गए

सूर्य ने
इतना बिखेरा प्रकाश
इतना कि
अन्धकार और प्रकाश
खेलते-खेलते
आँचल में आकर
विलुप्त हो गए

इतना प्रेम मिला
इतना कि
विरह और मिलन की
समीपता और दूरी का
भेद जाता रहा

मगर लोग कहते हैं
इसने इतना खोया

इतना कि
पाना और खोना
क्या है
नहीं जानती
दुख को इतना झेला
इतना कि
सुख का स्वाद तक
नहीं जानती

सारी उम्र
अमावस के दीये की तरह
जलती रही
इसीलिए प्रकाश क्या है
नहीं जानती

जानते हो
लोग कहते हैं
जरूर, विरह में
सालों भटकी है
तभी तो मिलन की
प्यास तक नहीं जगी

वे कुछ लफ्ज

कुछ लफ्ज ऐसे थे
जिन्हें हमने
न बुना
न ढोया
न ओढ़ा
न छुपाया
न उन लफ्जों का ताना था
न बाना
सिजदे में न वे चढ़ाए गए
झंडे में न वे रँगे ही गए
न नारों में वे लगाए गए
भीड़ में सदैव वे गायब रहे

अकेले में
रँगरेज ने जिससे रँगा है सबको

कुछ लफ्ज ऐसे हैं
जो भूत में थे
भविष्य में थे
वर्तमान की जो
नस-नस में हैं
जिन्हें हमने न सजाया
न सन्दूक में रखा
न कूड़े पर फेंका

कुछ लफ्ज ऐसे हैं
जो आँखों में छलछलाए
होंठों पर मुस्काए
न तेरे थे
न मेरे थे
न रब के थे
न बंदे के थे

कुछ लफ्ज ऐसे हैं
जिसे हमने सिर्फ जीया है
न लिखा है
न पढ़ा है
जो रूह से निकली
रूह तक पहुँची
न जिसका जिस्म था
न जिसकी आहट थी
न उसकी तारीख थी
न दास्तान-ए-बयाँ

कुछ लफ्ज ऐसे हैं
जो जीये जाते हैं
न दर्ज किए जाते हैं
न दामन में समेटे जाते हैं

ऐसे ही लफ्जों को जीया हमने
समय को मिटा कर
आकाश और धरती में समा कर

नए जन्म की कथा

कल रात
मुझसे वह पूछ बैठा
'क्या पढ़-लिख रही इन दिनों'
मैंने कहा
खुद को पढ़ती हूँ
भूल जाती हूँ
खुद को लिखती
और मिटाती हूँ

'मतलब, तुमने खुद को
पहचाना नहीं अब तक'
अहले सुबह उसने फिर पूछ दिया
जिसे पहचाना वह भ्रम है
और
जिसे जानती नहीं
वह व्यर्थ है

तपती दोपहरी में
काले मेघों के इंतजार में
चुपचाप गुमसुम-सी
आसमान की मुझ सहचरी से
वह फिर पूछ बैठा
'तो तुमने अब तलक
अपना मार्ग सुनिश्चित नहीं किया'
सहचरी ने कहा
दैनंदिन जीवन ही मार्ग है

मार्ग अदृश्य-दृश्य से
परे है प्रिय

सांध्य बेला में
जब मैं बाबा के सृजन कक्ष में
जूही की लताओं से लिपटी
झूल रही थी
वह फिर आया
और पूछ बैठा
'आश्चर्य अब तलक
तुमने तय नहीं किया'
झूलती रही, झूलती रही
जूही की कलियाँ चटख कर
खिलती रहीं
मेरी देह को सुगंध से
पोसती रहीं

रात्रि के प्रसव से जन्मे
सूर्य के लिए
जब पंछियों के संग
मैं सोहर गा रही थी
वह फिर मेरे कानों में
कुछ फुसफुसाया
उसकी फुसफुसाहट
सोहर में खो गई
सूर्य की किरणें
बाँहें फैलाती
जब प्रगट होने लगीं
अपने संस्पर्श से जगाती हुई
रंग बिखेरने लगीं
तो वह आँगन में आया
लाल गुलाब को सींच रही थी मैं
उसने मुझसे पूछा
'आखिर कहाँ जाना है

कुछ तो सोचा होगा?'
तत्क्षण
एक कली ने
सूर्य का संस्पर्श पाकर
अपनी पंखुरियाँ खोल दीं
वह खिली
और उसका खिलना
वह एकटक देखता रह गया

सुना है
अब वह
किसी से कुछ पूछता नहीं
कभी बाँस के पत्तों पर
ओस की नन्ही बूँदें बन
मोती-सा चमकता है
तो कभी बीज बन
धरती के गर्भ में समा जाता है

इंतजार

मैंने तुम्हें
कभी नहीं ढूँढ़ा
तुम्हीं चले आते
बार-बार
मेरे समीप
निद्रा में आते
तो स्वप्न बन भूल जाती
मगर तुम तो थे कि
स्याह आसमान पर
गोधूलि के रंग
बिखेरते रहे
रात्रि के नि:शब्द
अन्धकार में
मैं उन पर
अपनी नि:स्तब्धता की कालिमा
चढ़ा भी आती
तो भी तुम उसे चीर कर
भोर के रंगों की छटा बिखेर देते
मुझ पर

तुम्हारा बार-बार आना
मुझे आसमान बना गया
जिस पर अनगिनत रूप
तुम रचते रहे
मैं उन रंगों को
न सँजोने वाली थी

न मिटाने वाली थी
मैं आसमान थी
जो महज साक्षी थी
अपने ही बदलते रंगों की

सच,
मैंने तुम्हें
कभी नहीं ढूँढ़ा
तुम ढूँढ़ते रहे
रचते-रँगते रहे
बार-बार
तुम दस्तक देते रहे
एक रचनाकार की तरह
जिसकी हर रचना
सत्य के द्वार पर
एक दस्तक होती है
और हर बार
तुम्हारी रचना को
जीये बगैर
मैं अपनी कुटिया के
अन्धकार में
एक दीप जलाए
बैठ जाती

आज उसी दीपक को लिये
मैं
ढूँढ़ रही तुम्हें मिथ्यावश
जबकि तुम
उस दीपक की
ज्योति बन
कब से
मेरे साथ रह रहे

अपनी कुटिया के
दरवाजे बन्द कर
अपनी दोनों
हथेलियों में
दीपक की ज्योति सँभाल
तुम्हारे लौट आने का
आज भी
कर रही इंतजार

पुष्प की अभिलाषा

पुष्प का खिलना
खिलने के लिए जीना
जीवन भर खिलना
अब उसे चाहे हम
श्यूली कहें
पारिजात कहें
हरसिंगार कहें
या फिर शेफाली!

पुष्प खिलता है
क्योंकि उसका भविष्य
खिलने में है
उसका वर्तमान और अतीत भी
खिलने में है

फर्क नहीं पड़ता कि
उसके पल्लवित, पुष्पित
और मुरझाने की विवेचना
कैसे और क्यों
या फिर किनके द्वारा की जाती है

फर्क नहीं पड़ता कि
उस पारिजात को
कौन-किससे
जीतता-हारता या सौंपता है

फिर चाहे
स्वयं केशव ही क्यों न हों

पुष्प प्रेम सिद्ध करना नहीं जानता
वह बस खिलना जानता है

उसकी सारी क्रिया
खिलने तक है
उसकी प्रगति का
उसके जीवन का केन्द्र
खिलने में है
सच और झूठ के
घटित-अघटित कुतर्कों से
उसका कोई वास्ता नहीं

पुष्प होना
खिलना है
खिलने के लिए
पुष्प हो जाना है
मसले जाने और फेंक दिए जाने का डर
पुष्प नहीं
पढ़े और भुलाए जाने का प्रयोजन
पुष्प की अभिलाषा नहीं

क्योंकि पुष्प होना
बीज से पौधा
पौधा से कली
कली से फूल
फूल से फल
फल से बीज
हो जाना है

रूपांतरण

जन्मों-जन्मों की यात्रा कर
जब यहाँ पहुँची तो
तुम्हें पाया

एक हल्के सुनहले पर्दे के
इस ओर मैं थी
उस ओर तुम थे

चाँदनी में नहाए इस पारदर्शी पर्दे से
एक-दूसरे को
देख सकते थे हम
आह्लादित, आनन्दित
अपने-अपने मौन में
एक-दूसरे के साथ

इस पर्दे के आवरण को
कई बार उठाना चाहा हमने
मगर जन्मों की तड़प के साथ
जन्मों की हिचक भी थी

इतना हल्का-मुलायम पर्दा
कि एक बूँद गर नयनों से टपक जाए तो
पर्दा सदा के लिए अदृश्य हो जाए
मगर वह बूँद न

मेरी आँखों से टपकी
न तुम्हारी आँखों से

हालाँकि
हम धरती पर खड़े कहाँ थे!
बूँदों के महासागर पर खड़े थे हम
जन्म-जन्म के नयन
पखारते रहे एक-दूसरे का हृदय

रूपान्तरण के क्षणों में
कोई धारा फूटेगी
हमारे नयनों से एक साथ
और मिलन के उस क्षण में प्रिय
न तुम होगे
न मैं
असीम को समर्पित
लाल गुलाब के पुष्प होंगे
प्रेम की अविरल धारा में
बहते हुए